JN133057

「お背中をお流しする時は
ご主人様の好きなお姿になるって決まりです」

「も、もう守ってくれなくていいわよ。ありがとう」

「わ、私たちもう動けるようですし、その……」

CONTENTS

ABOUT MY ROOM LEADS TO DUNGEON
After School club activities of Different World Adventure

放課後の異世界冒険部

1-B

僕の部屋がダンジョンの休憩所になってしまった件

ABOUT MY ROOM LEADS TO DUNGEON

著作 東国不動

イラスト 竹花ノート

TAKESHOBO

第一章　謎のダンジョン

高校生にとって友達は必要なのか?

そんなことを考えながら、僕は教室の一番後ろからクラスメイトたちの頭をぼーっと眺めていた。

僕こと鈴木透(スズキトオル)は高校という友達を作るのに最適な環境にいるのに、〝クラス〟の友達が一人もいない。

だが、それがどうした!

——ふっふっふ。僕には友達がいるのだ。最高の〝スライム〟の友達が!

友達はクラスにいなくても、人間でなくても構わない。

「今日のホームルームを終わります」

「起立、礼」

放課後、クラスメイトは教室で友達とおしゃべりしたり、連れ立って部活に向かう。

その光景を尻目に僕は学生寮に向かって一直線に走った。

学生寮のこはる荘は端っこだが、一応は学園の敷地の中にあるのですぐに到着する。

「ただいまぁ」

「おかえりなさーい」

一〇一号室に飛び込むと白いプルプルした物体が僕を迎えてくれた。

僕の友達、白スライムのシズクだ。

「お風呂にしますか？　ご飯にしますか？　それともぉ～～～うふふっ」

シズクが薄い本で学んだお約束の挨拶をすると人の形に変化しはじめる。

あっという間にディーバロイド（歌姫ソフト）のキャラクターで僕の大好きな〝心音（こころね）ミル〟になった。

現実には存在しないはずの美少女が微笑みながら僕にウインクをする。

仕草も心音ミルそのものだ。

「それともぉ～やっぱりダンジョンですか？」

実は白スライム族は飼われている人間（つまり僕）の好む姿形に変身する習性がある。

「もちろんダンジョンさ！　でも、シズク。別にいつも心音ミルになってくれなくていいよ」

「そうですか？」

「うん。僕は白スライムのシズクも好きなんだから」

「ご、ご主人様、嬉しいです……でも……」

「でも？」

「心音ミルの姿になっておけばリュックサックを背負えるからダンジョンで便利ですよ」

「確かに」

スライムじゃリュックサックは背負えない。ダンジョンに行くなら心音ミル姿もいいか。

心音ミル姿のシズクが探検の必需品が既に入っているリュックサックを背負う。

僕は金属バットと懐中電灯を手に持った。

ダンジョンに行けば、モンスターを倒してレベルアップできる。

レベルアップすれば、筋力や知力のステータスも上がって、なんと学校の勉強も運動すらも有利になるのだ。

さらに白スライムのシズクや女騎士や女魔法使いの友達ができたのもダンジョンだ。

ゲーマーの趣味と実益を兼ね、そしてコミュ障の僕でも冒険の中で友達ができる。それがダンジョン探索だ！

そんなダンジョンがあるわけないと思うだろう。

それがあるのだ。

二人で和室の押し入れの前に立ち、僕はふすまを勢いよくパッシーンと開ける。

出てきたのは石壁と鉄のドア。

「ドアを開けるよ」

「はい！」

寮の鍵をドアに差し込むとカチャリと鍵が開く。

目の前には闇に覆われた遺跡風の空間、ダンジョンが広がる。

懐中電灯で照らすと腰までぐらいの大きさの動くキノコがいた。

お化けキノコと名づけたモンスターだ。

「よしよし！　また湧いているぞ！」

「ご主人様、そろそろレベルが上がるかもしれませんね！」

「ああ。頑張るぞ〜」

こうして今日も放課後の異世界冒険部がはじまった。

◆◆◆

「転校して三日目なのに、今日も友達ができなかったなあ」

下校中にため息をついてしまう。

「いや、せっかく千春おばあちゃんが高校に通えるようにしてくれたんだから、ため息なんかついちゃいけないよな」

親が失踪してしまい、僕は千春おばあちゃんにお世話になることになった。

千春おばあちゃんは東京の立川市にある私立第一高校の寮『こはる荘』を物件として持ってい

て……。

まあ、そんなことはどうでもいい。

千春おばあちゃんはこはる荘の寮母をやっていたのだが、体を悪くして老人ホームに入った。

そこで代わりに僕が管理人をやるという条件で私立第一学園に一年生として通えることになったのだ。

しかし、そのこはる荘が問題だった。

建物はボロボロ、寮生は少ないのに奇人変人だらけ、挙句の果ては幽霊が出るという噂まであった。

そんな噂もあってこはる荘には、寮生以外は誰も近づかない。

「ただいまぁ」

こはる荘の一〇一号室の扉を開ける。当然、「ただいま」に応えるものは誰もいない。

僕は玄関で靴を脱ぎ、ふらふらと奥に入っていき、制服のまま畳に大の字になった。

「大体さ！　5月のゴールデンウィークの後に転校ってなんだよ！」

イケメンや美少女の転校生なら話は別かもしれないが、僕は普通の男子学生だ。

コミュニケーション能力に至っては普通どころかやや劣るかもしれない。

ゴールデンウィークにクラスのみんなでカラオケに行ったとか食事に行ったとか盛り上がっている中にどう溶け込めばいいんだよ。

クラスメイトたちだって被害者だ。

僕がいなかったらもっとあけっぴろげに楽しめたかもしれない。

現に何人かの生徒は自己紹介して当たり障りのない挨拶と質問をしてくれた。

しかし、すぐに僕から離れて入学一ヶ月で作ったポジションを確立するために、それぞれの友達の元へ戻っていく。

こういう時に頼もしいのは、中学校が同じ生徒だが、遠くから転校してきた僕にはそれもいない。

つまり、僕はスクールカーストの下のほうにすらいなかった。圏外だ。

「いい天気だな」

部屋のガラス窓から陽が差し込んでくる。寝っ転がったまま見ると、青い空が広がっていた。

「少しだけでも布団を干(ほ)そうかな」

布団が少しかび臭かったのを思い出した。

のろのろと立ち上がってふすまを開ける。

「え?」

ふすまを開けるとそこには布団がある押し入れではなく、灰色の石のブロックが積まれた壁と頑丈そうな鉄のドアがあった。

「……なにこれ」

僕はそのまま静かにそーっとふすまを閉じた。

い、今のはなんだ？　石壁と鉄のドア？

「気のせいだよな」

恐る恐る、もう一度、開けてみる。やはり石壁と鉄のドアがたたずんでいた。ダンボールなどで作った偽物のようにも見えない。

石壁に触れてみる。ひんやりと冷たい、リアルな感触があった。

「す、少なくとも石壁は本物だ」

昨日も一昨日も確かにここから布団を出したのに。どうなっているんだ？

一〇一号室は角部屋だ。鉄のドアの向こうはすぐに外になる……よな。

こはる荘の壁に勝手口なんかあっただろうか。それにこれは勝手口というよりも。

「まさかアニメやゲームに出てくるダンジョンの入り口？　そんなわけないよな」

笑いながらもそれを否定できない。

ドアは団地にあるような普通の鉄のドアなのだが、石壁は緑の苔が薄っすらと生えていて、なんというか本物っぽく見える。

「と、とりあえず開けてみるか？」

ドアの取っ手を回す。そして恐る恐る押してみる。

ところがドアは押しても引いても、ピクリとも動かなかった。

「開かない……。鍵がかかっているのか。ん？」

ドアに鍵穴があることに気がついた。

そういえば、この部屋を開けた鍵はキーボックスに入れずに、まだポケットの中に入れっぱなしだった。

ひょっとして。部屋の鍵があうか試してみるか。

鍵がすっと入り、ひねるとカチャリと鍵が外れる。

「な、なんで？」

ドアを開けるとその先は真っ暗だった。

震える手でスマホを取り出して懐中電灯機能を使う。

「おーけー……」

石壁に囲まれた大きな部屋だった。湿気を帯びたひんやりとした空気が漂っている。

奥の壁には、また別の錆びた鉄の扉もあった。

さらに、水色の物体がボールのように跳ね回ったり、アメーバのように這いずっている。

大きいものはバスケットボールほどで、小さいものはソフトボールほどだ。

「……どう見てもダンジョンとスライムやん！」

ドアをゆっくりと確実に閉めて、鍵をかけて、和室の畳に座り込む。

畳の感触を確かめると、窓からは陽光が差し込み、暗い畳と明るい畳のコントラストを作っていた。

日常と非日常が交錯している。

カッキーン！　突如、寮の外からボールに金属バットが当たった音が響き、その後には「回れ回れ！」という掛け声が聞こえた。

「野球部か。空も青い」

放課後の部活動が、ここを日本の学生寮と教えてくれた。

しばらくすると僕は冷静さを取り戻した。

「スライムって弱いのかな。動きは遅かったけど」

ふと、ゲーマーの血が騒ぐ。

あのスライムを倒したら、どれだけ経験値が入って、どんなアイテムがドロップするのだろう。

待て待て。こいつは現実だぞ。

スライムは意外にも強い……そんなこともあるかもしれない。

ってか危険じゃないのか。なんたってドア一つ隔てた向こうには謎の軟体生物がいる。

護身用の武器があったほうがいいか……そうだ！

こはる荘を飛び出て学校のゴミ捨て場に走る。

「これこれ」

拾い上げるとそれはカランという音を立てる。少し凹んだ金属バット。

野球には使えないけど、スライムを殴るのには使える！

「念のためだ。だって部屋にスライムがいたら護身用に武器があったほうがいいだろう」

そんなことを考えながら部屋に戻る。

ふすまを開けると、やはり目の前には石壁と鉄のドアがある。

僕の手には少し凹んだ金属バットとこはる荘の玄関に備えつけてあった非常用の懐中電灯が握られていた。

「別にダンジョンを探索したいわけじゃないんだ。でも、本当にスライムがいるかもう一度確認を」

鉄のドアをそっと開ける。今度はスマホより幾分持ちやすい懐中電灯でダンジョンの闇を照らす。

照らしたと同時に青い物体が足元をくぐって部屋に入り込んでしまう。

「しまった！」

きっとドアの近くにスライムがいたのだろう。

僕は慌ててドアを閉めて部屋に入ったスライムにバットを構える。

畳の上で球体になって跳ねていた。

こんな生物を野放しにしたら大騒ぎになってしまうかもしれない。なにより危険だ。

「やるしかない……か」

懐中電灯を置いて金属バットを両手で握りしめ直す。

金属バットは使い勝手がいい。

振り下ろすとスライムの真芯をとらえることができた。

スライムはプルンと体を四散させて動かなくなった。

「倒したのか……んんっ？」

スライムを倒した興奮も冷めやらぬうちに、急に体が熱くなる。

なんだか体から力が溢れ出るようだ。ファンファーレこそないが……。

「ひょ、ひょっとしてレベルアップしたのか？　そうだ！　アマゾーンで買ったアレを使ってみよう」

引っ越ししたばかりでまだ開けていないダンボールをひっくり返す。

「あった！」

筋トレしようと思って買ったままの握力計。いつもは利き腕で40キロしか出ない。

「44キロ……自己ベストだ。間違いない」

す、すごい！　この寮、どうなっているんだ！

謎のダンジョン、謎のスライム、そしてレベルアップだって!?

レベルを上げまくったらどうなるんだ。

「運動は苦手だったけど、プロスポーツ選手にだってなれるかもしれないぞ」

グラウンドから聞こえてくる野球部の掛け声を聞きながら、僕はつぶやいた。

第二章　悪いスライムじゃないよ

世の中には人生二回目かよって言いたくなるような成功者がいる。

実は有名なアスリートは夜な夜なこういったダンジョンでレベルアップしているんじゃないか？

海を渡ってメジャーリーグに行った二刀流の選手も夜な夜なバットでスライムを打っていたのかも。

案外、ダンジョンはあるところにはあるのだろうか？

念のため、ダンジョンや異世界について、スマホで検索してみるもアニメや漫画やラノベしかヒットしない。

「まあ十六年間生きてきたけど、レベルアップできるダンジョンなんてテレビでもネットでも見たことないしな」

なら、この石壁と鉄のドアはなんなんだ？

とにかく現実に石壁も鉄のドアも存在している。その先にはダンジョンがあり、スライムもいるのだ。

「なにがなにやらわからない。けど……」

冷静に考えると、オイシイ状況なのでは？

スライムを倒すとレベルが上がり、握力が4キロも上がったのだ。

「もうすぐ体力テストもある。レベルを10も上げればダントツの成績だぞ」

体力テストの優秀者は貼り出されるらしい。

圧倒的な優秀者として貼り出されれば、今からでも運動部の勧誘があったりして……友達もできるのではないだろうか？

少なくともスクールカーストにとって悪い影響はないだろう。

僕は懐中電灯を取り直し、鉄のドアを開けた。

「レベル上げ……挑戦してみるか？」

そして次々にスライムを倒す。

ごくまれにスライムはボール型になって跳ねながら体当たりしてきた。

痛かったような気もしたが、無視してバットを振り回し続けた。

ＲＰＧのようにレベルを上げられるのはあまりに蠱惑的だ。

気がつけば、辺り一帯のスライムを倒していた。

何度かレベルアップした気がする。

「はぁはぁっ」

懐中電灯で辺りを照らして、スライムが残っていないか探す。

「いない。一匹もいないぞ？」

そんな！　もっともっとレベルアップしたいのに！

ダンジョンに慣れてきたこともあり、懐中電灯の光で照らしながら右に左にとスライムを探し回る。だが、スライムを見つけることはできなかった。

どうやら僕の部屋とつながっているこの場所にはもうスライムはいないようだ。

スライムを探し回って気がついたが、ここは正方形の部屋のような形になっているらしい。

大きさは教室より少し大きいぐらいだろうか。

つまり、スライムの数には限りがあったのだ。

――そうすると……この扉しかないよな……。

初めてダンジョンに入った時、既に、その存在に気がついていた。

僕は奥にある錆びた鉄の扉の前に立っていた。

部屋とつながるドアは団地風のドアだが、こちらは完全に異世界のダンジョン風だった。

取っ手はなく、石壁にボタンがある。開閉スイッチ？

押したら鉄の扉がゴゴゴゴと開いてダンジョンの奥に続くのだろうか？

「押すか。押すまいか」

案外、これは人生の重大な選択肢なのか？

押さない場合は特別なことはなにもないだろう。友達のいない高校生の平凡な人生が続くだけだ。

押した場合は典型的なハイリスク・ハイリターンも考えられる。

リスクはもちろん身の危険だ。

戦っている最中は興奮して気がつかなかったが、先ほどの戦闘でスライムのジャンピングタックルを受けた脇腹が実は結構痛い。

もっと強いモンスターがいたり、このボタン自体が実はトラップであっさり死んでしまうかも……。

逆にリターンはなんと言ってもレベルアップがオイシイ。

扉の向こうにはスライムがいて、さらにレベルアップできる可能性は十分にある。

握力計で測ったのだから、レベルアップすると握力が上がることは間違いない。心肺機能も上がっているような気がする。

事実なら、どれぐらい上昇したかにもよるだろうけど、なにかのスポーツ選手になることだって夢じゃない。

あるいは〝知力〟のようなものが上がっていて、苦労せずに有名大学に入れるかもしれない……。

悩んだ末にあるアニメを思い出す。

主人公が異世界に転生して、大活躍するラノベ原作のアニメだ。
リスクとかリターンとか以前にあんな冒険をしてみたい。
「えい！」
勢いに任せてボタンを押す。扉がガコンガコンと音を立てて上がっていく。
下から覗いて懐中電灯で照らしてみる。
その先には僕の背よりも大きいオオムカデがいた。
「うわあああああああ」
悲鳴に気がついたオオムカデが鎌首をこちらに向ける。
やばい！　逃げなきゃと思った時にボタンに白い影がサササッと走る。
扉がまたガコンガコンと下がり出す。
ドゴーンとオオムカデが扉とぶつかった轟音を響かせた。
どうやら間一髪で扉が閉まるのが早かったようだ。
一体、なにがどうなったのか？
白いなにかが、ボタンを押して扉を閉め直したようにも見えたけど。
そう思った時だった。
――ダメですッ！
「え？」

声が聞こえた気がする。辺りの闇を懐中電灯で見回したが、なにもいない。

恐怖からくる幻聴だったのだろうか？

——押しちゃダメです！　ご主人様！

い、今のは確かに聞こえたぞ。

このボタンを押してはいけないという警告。それにご主人様だって？

ひょっとして僕はこのダンジョンに入ると同時に英霊を召喚するスキルでもゲットしてしまったのだろうか？

「誰かいるの？　ソシャゲみたいに女騎士とか……」

「ここです！」

足元⁉　ここですという声がすぐ足元から聞こえる。

足元を懐中電灯で照らす。

「そ、空耳だよね……いたーーー！」

そこには英霊の女騎士ではなく、一匹のスライムがいた。

僕は金属バットを構え直す。

「わ、私、悪いスライムじゃないです！」

「え？　悪いスライムじゃない？」

「はい。白スライムです」

薄暗さでよく見えなかったが、確かに今までの青いスライムとは違う白いスライムだった。

「白スライム？」

「はい。ご存知ありませんか？」

もちろん、白スライムどころかさっきの青スライムすら知らない。

しかし、白いスライムはプルプルと愛らしい。

「ごめん。知らないや」

「そう……ですか。地上ではもう白スライムは忘れられてしまったんですね」

白スライムってネス湖のネッシーとかアザラシのタマちゃんみたいなヤツだっけ？

いやいや、聞いたことないぞ。

「ちょ、ちょっと待って。訳わからないことだらけで、なにから聞けば……そうだ！　なんでキミは日本語を話せるの？」

「白スライムは知的モンスターですからモンスター語は話せますよ」

モンスター語？　僕はいつの間にかモンスター語なる言語が話せるようになったんだろうか。

進学や就職に有利かもしれない。

そんなわけないか……どう聞いてもただの日本語だ。

ともかく、この子（白スライム）とはコミュニケーションできるらしい。

「このダンジョンはなんなの？」

「ヨーミのダンジョンですよね？」

「ヨーミのダンジョン？」

「白スライム族が人間と関わらなくなってから長いので、もう滅んでいる国かもしれませんが、フランシス王国の南西部にあるダンジョンです」

「フランシス王国？」

「ええ。大人の仲間たちからはそう伝え聞いていました。フランシス王国はもう地上にはありませんか？」

どういうことだろう？

学校で教わる日本の歴史は嘘で、この地にはかつてフランシスなる王国が？

いやいや、中学の修学旅行で見学した京都の神社仏閣の歴史が嘘っぱちとは思えない。

しかし、かと言ってこの子が嘘をついているようにも思えない。

「僕は日本人だけど」

「ニ、ニホーン人？　ほ、本当ですか？」

白スライムが感動したような声をあげた。日本人を知っているのか。

「ほ、本当だけど、どうしたの？」

「白スライムの仲間たち、いえ、モンスター間には理想郷の伝説があるんです。はるか昔、人とモンスターが仲よく移住したニホーンの伝説です。すごーい！」

話が少し見えてきた。王国と日本は別々に存在するということだろうか。

「ダンジョン側の地上にはフランシスっていう王国があるってこと？」

「はい！　でも、ご主人様はニホーン人なんですね？　一体何処からきたんですか？」

ということは、僕の部屋は日本と異世界のダンジョンをつなぐゲートなのか⁉

けれど、まだまだわからないこともある。

一番の謎は白スライムが僕をご主人様と呼ぶことだ。

「何処からって僕の部屋からきたんだけど」

「ご主人様のおウチからってことですか？」

「う、うん。ホラ」

暗闇に輝く長方形を指差した。部屋につながるドアはいつでも戻れるように開けっ放しにしている。

「びっくりしました！　ヨーミのダンジョンとニホーンはつながっていたんですね」

「そういうことになるのかな？　よかったら僕の部屋で少し話さない？」

スライムは立っているのか座っているのかよくわからないけど、ダンジョンで立ち話もなんだ。

立ち話もなんだというより、危険かもしれないしね。

それに白スライムは青スライムと違って愛らしい容姿で悪いスライムとは思えない。

「え？　いいんですか？」

「うん。いろいろと教えて欲しいんだけど」

「はい！　私に教えられることなら」

やった！　白スライムはレベルアップの仕組みを知っているかもしれない。

それどころか異世界には魔法や便利なスキルなんかもあって習得する方法も！

まあ、最初に聞きたいことはどうして僕をご主人様と呼ぶかだけど……。

スライムと一緒に僕の部屋に向かう。無言だ。

自分はコミュ障だなあと思ってしまう。無言で歩くのはどうなんだろうか。

と思っていると白スライムのほうから話しかけてきた。

「私、感動しました！」

「なにが？」

「変身もしていないのに私に優しくしてくださるなんて」

変身？　どういうことだろうと思いながら歩いていると、もう僕の部屋に着いてしまった。

ダンジョンの深くまできたつもりでも、大きな教室ぐらいの空間の端から端までの距離だ。

「どうぞ。上がってよ」

「お邪魔します」

部屋に入ってから鉄のドアを閉めて慎重に鍵もかける。ふすまも閉じた。

これで白スライムの存在以外は不思議なものはなにもないただの和室だ。僕は畳の上に座った。

「ここがご主人様のおウチなんですね」

「三日前からだけどね」

お茶かなにか飲み物を出そうかと思ったけど、白スライムがなにを飲むのかわからない。聞いてわかるだろうか。コーヒーとか緑茶とか紅茶とか知らないよな。

「ご主人様の後ろ、素敵な絵ですね。ご主人様はその方がお好きなんですか？」

「後ろ？」

振り返ると後ろにはディーバロイドの〝心音ミル〟のポスターが貼ってあった。

相手はスライムなのに、なんだか女の子を部屋に上げて恥ずかしいものを見つけられてしまったような気分だ。言い訳をしようと慌てて向き直る。

「こ、これはたまたま貰ったやつで。好きではあるんだけど。え……？」

目の前に〝本物の心音ミル〟が女の子座りで和室の畳の上に座っていた。

「心音ミル様というのですね」

この声は！

「白スライム？」

「はい！　変身したんです」

「へ、変身って、そういうことなの⁉」

もちろん心音ミルは空想上の少女だから本物はいないのだが、もし彼女が人として現実に存在するなら目の前の少女がそれだった。

有名コスプレイヤーのコスプレでも足元にも及ばないだろう。

「わぷっ！」

急に心音ミル、いや、白スライムに抱きつかれて押し倒される。

「ちょ、ちょっと？」

女の子と抱きあった経験なんてないけど、柔らかさ、肌触り、女の子としか思えない。

「私たち白スライムはお好みの姿や好きな人に変身して飼われる種族なんです！」

「か、飼われる？　あっご主人様ってそういうこと？」

つまりペットのご主人様ってことか。

「ご主人様の命令ならなんでも聞きます！　ご主人様に変身してお仕事もしますし、好きな女性に変身してエッチなこともできますよ！　例えば心音ミル様で……」

な、なんだって？　ディーバロイドの心音ミルとエッチなことができる？

それはもはや、禁断の果実。心音ミルは無邪気に微笑みかけている。

いや、それよりも！

「なんで僕がご主人様なの⁉」

「ご主人様が好きだからです！」

白スライムは僕に抱きつく力をさらに強めてくる。

「えええ？　どうして？」

人間的には普通だと思うけど、僕の顔はスライム的にはイケメンに見えるんだろうか？

「はじめて見た人間だからです。そういう生態なんです！」

「そういう生態？」

「はい！」

ひょ、ひょっとしてヒヨコみたいなアレか。白スライムの肩を押して体を離す。

「と、とりあえず、座って話そうよ」

「そうですか……」

白スライムは残念そうに言ってから、また畳の上に女の子座りで座る。

「白スライム族のことをもっと教えてよ」

「はい！」

白スライムは自分の種族のことを語り出した。

元々、白スライムは人間と共生する種族だったらしい。その人間の愛するものに擬態をして可愛がられて生きる。それが白スライムの生態だった。

だが、白スライムを悪用する人間が現れる。白スライムが主人に持つ恋愛に近い感情と、なんにでも変身できる能力は悪人の格好の餌食になった。

多くの白スライムの仲間が売り買いの対象になってしまった。

とうとう白スライムは人がこられないような難ダンジョンの地下深くの石壁に擬態して生きるようになる。

はじめに見た人間にその気持ちと能力を悪用されないために。

「し、白スライムって、結構悲しい歴史がある種族なんだね」

「でも私は人間が悪い人ばっかりなんて信じられなかったんです。だから大人たちが止めるのも聞かないで、ダンジョンを上に上にと上がってきたんです」

「そしてはじめて出会ったのが……」

「はい！　ご主人様です！」

それで白スライム姿のままでも僕が優しいから感動したって言ったのか。

少しだけ視界が涙でにじむ。

「ど、どうしたんですか？」

「い、いや、なんでもないよ。ところで僕は鈴木透って名前なんだけど白スライムはなんて名前なの？」

「トオル様ですね！　素敵な名前です！」

スライムは僕の名前を褒めてくれたが、急に元気がなくなる。

「私の名前はないんです……」

「ないの？」

「はい。私たちと人間の仲がよかった時代には、人間から名前をもらえたって聞いていますけど」

なるほど。そういうことか。

「なら僕が名前つけてもいい？」

「名前をいただけるんですか！」

白スライムがまた元気になる。

「じゃあ、なににしようかな。うーん、そうだ！　水の雫みたいな形態になることもあるからシズクって名前はどうかな？」

「シズク……とっても素敵な名前ですね！」

「気に入ってくれた？」

「はい！　とっても！」

シズクに抱きつかれて押し倒される。心音ミル姿だとやはり変な気分になってしまう。

「でも、私、まだ完璧な変身ができないんです」

「え？　どう見ても完璧な変身だと思うけど？」

シズクが僕の目の前に立つ。ちょうど心音ミルのスカートが座っている僕の目線だ。

心音ミル姿のミニスカートをめくる。

「な？　な、なにをするんだ？」

目の前でスカートをめくり上げられただけでも驚くのに、白い指先がパンツにまでかかる。

「見てください」

シズクが、そのままパンツを下ろす。

「み、見てくださいって言われても！」

手で顔を覆うが、なにをするのかと指の隙間から見てしまう。

「え？　なにもない？」

心音ミルの肝心の箇所はツルンとしてなにもなかった。

「大人の仲間たちから人間の女性の姿は見せてもらっていますけど、服の下の構造まではもう伝わっていないんです。白スライム族が人間と一緒に暮らしていたのはずっとずっと昔のことですので」

なにもないのはそういうことか。ちょっと残念な気分もするが、安心もした。

「スキャンをすれば、完璧に変身できるのですが」

「スキャン？」

「ちょっとご主人様をスキャンさせてください」

心音ミル、いやシズクが、また僕の上に乗ってバターのように溶け出す。

そして体の隅々まで覆われてしまった。

「ひゃっ、く、くすぐったい」

しかし、それはくすぐったいだけでは済まなかった。

「ちょ、ちょ、そこは！　やめて！」

「もう少しだけ我慢してください」

しばらく耐えていると、シズクは白スライムの姿で服の間からにゅるんと出てきた。

「はぁはぁ、スキャンって結構ハードだね……またやって欲しいような……やられたくないような……」

「すいません。でも完全にご主人様をコピーできるようになりました」

「どういうこと？」

シズクは謝った後に完全に僕になった。

「これが僕。スキャンってそういうことか。鏡を見るのとは感覚が違うけどそっくりだよ」

「服の下もバッチリです。見ますか？」

「い、いや、それは見なくてもいいよ。声まで一緒なんだね」

「声帯もスキャンしていますから」

「声帯まで……それでか」

そういえば、シズクは口の中にも入ってきていた。

「さあ。心音ミルさんをスキャンしに行きましょう！」

シズクはどうやら僕のために服の下までスキャンした完璧な心音ミルになろうとしているらしい。しかし……。

「心音ミルは現実にはいないんだ」

「え？　でも、こんなに素敵な肖像画になっているのに」

肖像画？　なるほど、シズクはポスターを肖像画だと思ったのか。

異世界のモンスターになるべくわかりやすくディーバロイドのことを説明する。

「そうですか。心音ミル様は空想の存在だったのですね」

「うん。まあ、そんなところかな」

「大丈夫です！　誰か本物の女性をスキャンして心音ミル様の服の下を再現しましょう！」

め、名案だ！　じゃないよ！

女の人をスキャンなんてしたらシズクの存在が知られて大変なことになる。

加えて僕はシズクをそんなことに使いたくない。

白スライム族がダンジョンに隠れ住むようになった原因の悪人と同じじゃないか。

「シズク。僕のためにやってくれようとしているんだろうけど、絶対に……」

絶対に人間をスキャンしちゃいけないと説明しようとした時だった。玄関のドアを叩く音が響く。

「鈴木くん！　いるのでしょう？　もう七時だけど夕食は大丈夫なの？」

僕の部屋のドアを叩くのは寮生で三年生の六乃宮姫子（ろくのみやひめこ）。

容姿端麗（ようしたんれい）で頭脳明晰、実家がものすごいお金持ちらしい。

しかも、生徒会長をしているので会長と呼ばれている。

そんな人がどうしてこんなオンボロ寮にいるのかと思うが、なんでもお嬢様の社会勉強らしい。

わかるような、わからないような理由だが、とにかく彼女は自分にも他人にも厳しい。

夕食の時間は午後七時半なので、管理人として雇われている身でもある僕はそれまでに料理を作らなければならない。

「や、やばい。ちょっと、出てくるね」

シズクにそう言って玄関に向かう。

玄関のドアを開けるとキツイ目をした美少女が立っていた。

「食堂にいなかったから部屋にいると思ったけど、なにをしていたの？」

「ちょっとドタバタしていて」

ダンジョンやらスライムやらで。

「生活が乱れるから時間は正しくね。アナタのおばあ様だったら……」

会長の説教がはじまる。ところが、会長は急におかしなことを言い出した。

「い、今、なにか白いゼリーみたいなものがいなかった？」

「え？」

僕が振り向いた瞬間、シズクがササササッと横を通り抜けて、会長の服の中ににゅるんと滑り込む。

「しまった！　スキャンか！」

「なにこれ！　や、やだっ！　やめて！　あああぁぁぁ！」

やばい……シズクが会長の服の中に潜り込んでしまった！

ど、どうすればいいんだ？

「●？・※▼○□？」

会長はあられもない声をあげている。

レベルアップして、頭脳明晰、スポーツ万能になり、バラ色の高校生活を送る僕の夢は潰えてしまうのか。

それどころかスライムを使って怪しいことをする犯罪者になってしまうかもしれない。

「シズク！　ストッ……」

シズクを止めようとした時、名案が電光のごとく閃く！

「スキャンを続けて！」

シズクが会長の服の合間から顔を出した。

「え？　もう終わりましたけど」

「いいから続けて！」

「は、はい！」

「●？・※▼○□？」

会長は気絶した。

「シズクもういい！　僕の部屋の畳にでも変身して隠れるんだ！」

「わかりました」

シズクが僕の部屋の奥に戻る。

後は会長だ。シズクとの会話を会長がハッキリ認識していたら終わりだが、僕だったら不可能だと思う。

実際に気絶しているんだ。

「会長、会長、六乃宮先輩」

「う、ううん。はっ……！」

倒れた会長がガバっと上半身を起こして両腕で胸とスカートを押さえる。

「す、鈴木くんも見たでしょ？　白いスライムみたいのが私を！」

「白いスライム？」

「み、見てないの？」

「なにも。それより何処か体が悪いんですか？」

どうやら僕とシズクの会話は聞かれていない。

それどころじゃなかったのだろう。

恥ずかしいだろうし、プライドの高い会長なら誤魔化せるんじゃないだろうか。

「か、体は……大丈夫よ……ちょっとめまいがしただけだから」

よ、よかった。誤魔化せたみたいだ。なら、早めに逃げよう。

「そうですか！　大丈夫ですか！　ならご飯を作らないとなあ」

「そうよ！　もう二十分しかないじゃない！　間にあうの？」

「ま、間にあわせます」

僕は急いで食堂に向かった。

こはる荘の各部屋には小さなシンクはあるが、安全のためガスコンロなどは設置していない。おばあちゃんが食堂でみんなの食事を作っていたが、三日前からはそれが僕の仕事となっている。

ご飯は登校前に炊飯器で炊けるようにセットしてあるので、味噌汁とサラダとおかずを作るだけだ。

シズクが大人しく僕の部屋で待ってくれているといいんだけど。

食堂に着くと二年生の木野小太郎（きのこたろう）先輩がいた。

会長からはキノコと呼ばれている。マッシュルームカットで大のキノコ好き、というかキノコオタクだ。

僕も一度、無意識にキノコ先輩と呼んで謝罪したが、本人はキノコ先輩でも構わないらしい。

「やあ。鈴木氏（すずきうじ）」

「あ、先輩。またキノコ料理を作ってくれるんですか？」

手を動かしながら挨拶する。

「えのき茸の三杯酢を作ったんでござるよ」

「美味しそうですね」

木野先輩は僕がこはる荘にいなかった頃から毎日キノコ料理を一品増やしてくれているらしい。

「えのき茸の三杯酢は作り終わったよ。小生も手伝おうでござる」

「ありがとうございます。じゃあ、お味噌汁に入れるお豆腐を切ってくれますか？」

「心得たでござる」

木野先輩が手伝ってくれたおかげでギリギリ定時の七時三十分に間にあった。

メニューは豚肉の生姜焼き、トマトとレタスのサラダ、えのき茸の三杯酢と味噌汁だ。

寮生は僕を入れて四人。いただきますをして、その四人で食卓を囲む。

「どうですか？　小生のえのき茸で作った三杯酢は？」

「ええ。美味しいわよ。庶民の料理も美味しいものね。鈴木くん、ご飯のお代わり」

「酸味が効いてとても美味しいです。はい、会長。ご飯どうぞ～」

木野先輩が自分のキノコ料理の感想を聞くのは昨日も見た光景だ。

会長が意外と大食い、もとい健啖家なのも昨日と変わらない。昨日は五回もご飯をお代わりした。

「そうでしょう。そうでしょう。美夕氏（みゆううじ）は？」

木野先輩は最後の寮生である一年の美夕麗子（みゆうれいこ）にも感想を聞いた。

美夕さんは光沢のある長い黒髪だ。

だが、猫背なので、顔の前面に黒髪が垂れ下がっている。顔は完全に見えない。

まるで某有名ホラー映画に出てくるビデオの呪いの幽霊のようだ。

美夕さんは食事を器用に箸で黒髪の中に運んで食べる。

やはり顔を見ることができない。未だに彼女の声は聞いたことがない。

「いや照れますなあ」

木野先輩は上機嫌で頭をかいている。

今、美夕さんは美味しいとでも言ったのだろうか。

わずかに光沢のある黒髪が縦にうなずいた気もしたが、やはり美夕さんの声は聞けなかった。

「お代わり！」

「は、はい」

会長の三杯目のご飯を盛る。

「ところで鈴木くん。友達、何人ぐらいできた？」

会長が笑顔で聞いてはならないことを聞いてきた。

しかも、友達ができていることが前提になっている。

「キノコやレイちゃんと違ってアナタは普通っぽい人だから友達ぐらいできたでしょ？」

会長は美夕さんをレイちゃんと呼ぶ。

僕も他人のことを言えないんだけど、やっぱり木野先輩と美夕さんには友達がいないのか。

「一人もできていません」

「え～？　もう転校して三日目でしょ！　しっかりしなさい」

しっかりしなさいと言われてしまった。

けど、会長だって高飛車だし、そう友達は多くはないんじゃないか。

「鈴木くんから庶民の友人の作り方でも教えてもらおうと思ったのに」

こりゃ会長も友達いないな。どうやら、ぼっちが集まった寮らしい。

上から目線の生徒会長に、キノコ狂いの先輩、一言も声を発しない幽霊のような少女……、友達ができるわけがないか。

「鈴木くん、お代わり！」

「はいはい」

会長の四杯目のご飯をよそいながら、ふと思う。

そういえば彼らも押し入れの奥がダンジョンになったりしてないんだろうか？

僕の部屋と彼らの部屋は階数が違ったりはしているが、こはる荘の個室の構造は何処も同じはずだ。遠回しに聞いてみよう。

「みなさん、洞窟とか好きですか？」

一瞬、食卓がシンと静まり返る。

しまった。急に洞窟が好きかと聞いてもおかしい人と思われたかも。

「そ、その、この近くに洞窟ないかなあって……鍾乳洞とか。あははは」

誤魔化すことにした。

「立川に洞窟なんてないわよ。山もないんだし」

会長はなにを言っているんだろうという顔をする。

「……」

美夕さんは相変わらず、反応はない。ところが……。

「そ、そうですよ！　鈴木氏！　珍しいキノコでも栽培するんでござるのか？　あははは」

ん？　今の木野先輩の反応は明らかに焦っているように見えたが。

木野先輩にもう少し問いただそうとすると、急に会長が笑い出した。

「あははは。笑わせないでよ。レイちゃん」

「え？　美夕さんはなにか言いました？」

彼女はなにか言ったのだろうか。顔は黒髪で相変わらずうかがい知れない。

「今、レイちゃん、言ったじゃない？　鈴木くんと一緒に洞窟に行きたいって」

なにも聞こえなかったぞ？

「レイちゃん、先輩がうぶな後輩をからかっちゃダメよ」

え？　先輩？　どういうことだ。美夕さんは僕と同じ一年と聞いている。

「あ、そっか……鈴木くんはまだ知らないのか。えっ別に気にしてない？　うんうん。そう、わかった」

会長はなにやら美夕さんとコミュニケーションが取れているようだが、こちらはなにもわからない。

「レイちゃんは鈴木くんの一つ年上だけど留年しちゃったのよね」

先輩って文字通り先輩だったのかよ！

「でも学業不振だからじゃないのよ。それどころか学年トップ。留年したのは出席日数が足りなかったのね」

驚いた……幽霊にしか見えないこの人が学年トップ。

こはる荘に幽霊が出るっていう噂の原因は……多分、美夕さんだ。

カマをかけてはみたが、結局ダンジョンのことを知っている寮生がいるかは確信が持てなかった。

木野先輩はひょっとしたらダンジョンを知っているかもしれないが、少なくとも会長はダンジョンを知らないようだ。美夕さんはなにもかもサッパリだった。

◆　◆　◆

食堂から自分の部屋の前に戻り、ドアを開けて鍵をかける。

「シズク、ただいま～。いる？」

「ご主人様、おかえりなさーい」

シズクが奥からやってくる。

「ごめんね。会長に夕飯を作れって怒られちゃってさ」

「いいんです」

「シズクもお腹減ったよね。これ作ったんだけど」

寮生たちには勉強の夜更かし用の夜食と誤魔化して残ったご飯でおにぎりを作ってきた。

ちなみにあれだけ食べた会長の分も作らされた。六合も炊いたのに一食でなくなってしまった。

「ひょっとして私のためにですか？」

「うん。食べてよ。シズクの口にあうかどうかわからないけど」

「本当にいいんですか？　ご主人様の分は？」

「僕はさっきの会長たちと一緒に食べちゃったんだ」

シズクは白スライムの姿から心音ミルの姿になって女の子座りだが、背筋を伸ばす。

「え？　人型になるの？」

「そっちのほうが、人間のご主人様は喜ぶと聞いています」

「あ、なるほど」

きっと異世界の昔の人は白スライムを人間の姿にしていたのだ。

スライム姿でいいよと言おうとしたが、どうも心音ミルの姿が気になる。

なんとなく、プロポーションが、さっきと違うような……。

「これはどうやって食べるんですか？」

「あっ。そっか。食べ方、わからないよね。手で持ってパクッと」

僕がジェスチャーで食べ方を伝える。

シズクがおにぎりを手にとって一口食べた。

「うわあああああああ。すっごく美味しいです」

シズクが本当に幸せそうな顔をする。

「よかった〜。白スライムが食べられるものわからないからさ。ダンジョンではなにを食べてたの？」

「石壁に生える苔やモンスターの死骸とかです」

また視界がぼやけそうになる。

白スライム族は、きっと人間から隠れ住むようになってから、そんな食生活をしているのだろう。

それならおかかのおにぎりも美味しいだろう。

「有機物ならなんでも食べられますよ。畳でも」

「そ、そうなんだ。畳は食べないでね。あ、それといいって言った時以外には人間をスキャンしないでね」

シズクがシュンとしてしまう。

「会長様をスキャンしてはダメだったんですね……」

「い、いや知らなかったんだから仕方ないよ。言ってなかったし」

しかし、今の心音ミルは前の姿と違ってなにか色っぽい。まあいいか。

「会長は誤魔化せたし、もう気にしないで食べてよ。あ、そうだ。『オイッスお茶』も持ってきたんだ」

「はい！」

「それから、もしよかったらダンジョンのことをもっと教えてよ」

「私でわかることなら！」

◆　◆　◆

食後、僕らはまたダンジョンにきていた。今は錆びた鉄の扉の前だ。

「ふーむ。つまり、この先はダンジョンの奥につながっているけど、強力なモンスターがいるってことか」

　僕が鉄の扉を開けるボタンを押すのを止めた理由を聞くと、スライム姿に戻ったシズクが教えてくれた。

「はい。私はダンジョンの壁や床に変身して少しずつ地上に向かったので、怖いモンスターには見つかりませんでしたが、この階層にはオオムカデがいます」

　オオムカデか。確かにいたな。僕の倍ぐらい大きかった。

　ムカデは正確には昆虫じゃないけど、昆虫は自分の何倍も大きいものを運べるパワーがあるし、外骨格は非常に硬い。

「確かにレベルを相当上げなきゃ勝てそうにないな」

「はい！　危険かと思って止めたんです」

　シズクが言うには、ここは様々な強さのモンスターがいる階層らしい。

　オオムカデのような強力なモンスターもいれば、青スライムのような雑魚もいる。

「それにしてもここにモンスターを遮断できる扉があって中は四角い空間か。まるでダンジョンの部屋みたいだね」

「ダンジョンにはこういう場所がたまにあって開閉できるんです」

「中のモンスターを倒せば安全にキャンプできるな。まるでファイファンのセーブポイントみたいだ」

「ファイファンってなんですか？」

「ファイファンはゲームっていう遊びの一種だよ。今度一緒にやろう」

「はい！　やってみたいです！」

それにしても、この錆びた鉄の扉を開けないことにはもう青いスライムはいない。

かといって、開けたら死んでしまうかもしれない危険なモンスターがいる。

「レベルアップするにはどうしたらいいんだ」

「困りましたね。人間はモンスターを倒すことでレベルを上げますし……」

そうだ！　ライフルがあれば、オオムカデも！

ライフルか……。アメリカなら買えるかもしれないけど、現実的じゃないよなあ。

ふとスマホで時間を見ると午後九時半だった。

「いけない。もうこんな時間だ」

「この時間になるとなにか都合が悪いのですか？」

「寮のお風呂の時間は決まっていてさ。そろそろ入らないと」

こはる荘のお風呂は時間が十時までと決まっていた。もちろん男女別だ。

まあ夕食の時間と違って誰の監視があるわけでもない。

遅い時間に入ったほうが、木野先輩も入った後になるだろう。

別に木野先輩が苦手なわけではないが、今日は一人でゆっくり入りたい。

「お風呂！　私、ご主人様のお背中を流しますね」

「えぇえ？　いいよ、悪いし」

「ご主人様のお背中をお流しするのは白スライムの務めなのです！」

「そ、そうなんだ。じゃあ、お願いしようかな～」

木野先輩とお風呂に入るのは少し気を使ってしまうが、シズクとはもう何年もつきあったパートナーみたいだ。それに異世界のことで聞きたいことはまだまだある。

お風呂に入りながら聞くことにしよう。ダンジョンから部屋に戻ってお風呂に行く準備をする。

寝巻とバスタオルを大きめのダンボールに入れる。まだ籠は買っていないので、籠の代わりだ。

「シズクもお風呂までここに入っていてね」

「はい！　ニホーン人に見つからないようにするんですね」

日本にはもうモンスターがいないことをシズクには教えてある。

ダンボールに寝巻とバスタオルとシズクを入れて寮の廊下を移動する。

「ご主人様はやっぱり貴族なのですか？」

「き、貴族？　なんで？」

「仲間の白スライムたちからおウチにお風呂がある人間は貴族と聞いています」

「日本は庶民でも家にお風呂があるよ」

貴族がいたり、庶民の家にはお風呂がなかったり、ダンジョン側の世界は中世ぐらいの文化レベルなのかもしれないな。

男湯の脱衣場に入る。うん。木野先輩はいないようだ。

「シズク～もう大丈夫だよ」

「はーい！」

服を脱ぎながらシズクに語りかける。

シズクがダンボールからポヨンと姿を現す。

「体を流してから湯船に浸かろう」

「はい！」

シズクにもかけ湯をしてあげた。二人で湯船に浸かる。

お風呂の大きさは一般家庭より、ちょっと大きいぐらい。

「ふ～いい湯だね～」

「ホントですね」

ダンジョンで汗をかいたから最高だ。

シズクは体のほとんどをお湯の上に出していた。

「シズクは浮くんだね」

「はい！　空気を取り込みました」

「そんなこともできるんだ」

「はい！　服になったりもできますよ」

「服自体にも変身できるんだ。便利だね～」

僕や心音ミルに変身していた時も服を着ていたしな。

「ところでダンジョン側の世界には魔法もあるの？」

「使える人間も多いって聞いていますよ。モンスターにも魔法を使う種族がいます」

「あるのか！　そうだ！　スキルは!?」

「人間によれば、私の変身もスキルらしいです」

魔法にスキル。夢が広がるな。

「スキルを確認するのはどうしたらいいのかな？」

「白スライム族は人間と交流を持たなくなって長いですからわかりません。もちろん人間ならスキルの確認方法も知っていると思います」

「なるほど。スキルを詳しく知るためにはダンジョン側の世界の人間に会う必要があるな」

長話をしていると段々暑くなってきた。

「さてとそろそろ体を洗おうかな」

「お背中をお流ししますね」

「うーん。やっぱり恥ずかしいなあ」

「でも……」

「じゃあ他は自分でやるけど、背中だけ頼もうかな」

「はい！」

泡立てたスポンジで体を洗いながらシズクと話す。

「そういえば、そっちの世界にはひょっとして亜人とかもいるの？」

「亜人といいますと？」

「エ、エルフとか獣人とか」

「はい！　いますよ！」

「お、女騎士とかもいたりする？」

「はい！　女性の騎士もたまにいると聞いています」

エルフに女騎士……。なんとしても異世界人に会いたい。

「ご主人様、お背中以外は洗えました？」

「うん。背中お願い」

「はーい！」

シズクが歩いてくる音が聞こえる。歩いてくる音？　スライムに足はない。

鏡を見た。そこに映ったのは……。

「シ、シズク？　それ心音ミルの姿じゃないか！」

「お背中をお流しする時はご主人様の好きなお姿になるって決まりです」

どういう決まりだよ。わからんでもないけど！

ま、まあいい。どうせ肝心の部分はなにもないのだろう。

それに心音ミルはこの手のキャラとしては胸も小さ……くないぞ？

意外とっていうか胸もお尻も十分に。

「ってか、あるじゃん！　いろいろと！」

「はい！　服を着たポスターやフィギュアでは女性の体がわかりませんでしたが、会長様をスキャンしたので」

「つつつ、つまり、その体って会長の？」

「はい！　そうです」

会長、これほどとは……。

また注意というかいろいろ教えないといけないようだが、今はそんな場合じゃない。

「かゆいところはございませんか～？」

「な、ないです」

女の子の細い指で背中を洗ってくれるのを、僕は前かがみになって必死に耐えるしかなかった。

◆　◆　◆

お風呂から出た僕は、またシズクをダンボールに入れて自室に向かう。

こはる荘は一階に食堂やお風呂やランドリールームがあって、個室も四部屋ある。

二階には十二部屋の個室があって、僕以外の寮生はみんな二階だ。

一階の個室は管理人兼寮生である僕しか使っていない。

「こはる荘は十六人も入れるのに四人しかいないんだ。ガラガラなわけだろ？」

「もっと使ってくれる人を増やしましょう」

「あはは。賑やかでいいね。でも、そうなると僕の仕事が大変になっちゃうかも」

僕はこはる荘の管理人として働くことで、学費が無料になってわずかながらのお小遣いも出ている。

「私も働きますから！」

実際、どうやってこはる荘は存続しているんだろうか？

学校からの補助があるのは聞いているけど、学校にとっても経営的にお荷物じゃないのかな。

それに会長が卒業して、新しい一年生が入ってこなかったら、いよいよ三人になってしまう。

待てよ。さらに僕が三年になったら木野先輩も卒業してしまって美夕さんと二人きりに……。

耐えられるだろうか。

そんなことを考えながら廊下の角を曲がると……。

「うわあああああああ！」

顔の前に腰まである黒髪を垂らした幽霊が。って美夕さんか。

美夕さんだとわかっても、正直怖い。

薄いハート柄のパジャマを着ているようだが、白装束にも見えてしまう。

「美夕さん、どうしたんですか？　そんなところに立って」

「……」

いつものようになんの返事もない。

「あ、あの」

この状況をどうすればいいんだ。廊下で立ったまま対峙する。三分は経ったんじゃないだろうか。

呼びかけても、だんまりだ。

ダンボールの中にいるシズクに助けを求めそうになる。

相手は普通の人（？）だぞ。なんでスライムに助けを求めるんだ。

シズクが世間に発覚でもしたら、研究機関に連れ去られてしまうかもしれない。

「きょ、今日はもう遅いので明日にしませんか？」

勇気を出して言ってみた。美夕さんが黒髪で覆われた顔をかすかに上下させる。

僕のわきを横切る時にフワッといい匂いが香る。

「あの長い髪を洗ったシャンプー？」

見た目は怖いけど、香りはとても女の子らしかった。

部屋に入ってドアの鍵をかける。キーボックスに鍵を入れた。

「なんだったんだろう？」

「さっきの人、明日は学校でよろしくねって言っていましたね」

「え？　そんなこと言っていたの？」

「はい……ご主人様には聞こえませんでしたか？」

「全然、聞こえなかったな……」

明日は学校でよろしくねってどういう意味なんだろうか。

学校で会おうという意味だろうか。なんと言ったのかわかっても、意味はまったくわからない。

「まあいいや。とりあえず、今日は寝よう」

布団を取り出そうとして、何気なく押し入れを開ける。

開けながら、そういえばダンジョンにつながっているんだったと思ったが……。

「あれ？　石壁もダンジョンにつながるドアもないぞ⁉」

「本当ですね」

そこは布団が折り重なった押し入れがあるだけだった。

もし、ダンジョンに行けないとシズクは帰れなくなるし、僕のレベルアップ計画も頓挫してしまう。

「シズク、どうなっているの？」

「私にもニホーンのことはわからないです」

「そっか……」

ダンジョンが消えた原因をいろいろと考えてみる。一日三回までとか、行けない時間帯があるとか。どれも正しいようで正しくない気がする。

「布団がなければ、逆に困っていたところだし、よしとするか！」

押し入れから布団を取り出す。布団は一組しかなかった。

シズクと一緒の布団で寝るのはなんか恥ずかしい。

「隣の個室からもう一組持ってくるね」

「私の分のお布団まで用意してくださるんですか？」

「うん」

「う、嬉しいですけど、ご主人様と一緒に寝ていいですか？」

「え？」

スライム姿のシズクなら一緒に寝ても大丈夫か。

わざわざもう一組布団を用意したほうが、逆に変な感じもするし。

「心音ミルの姿で寝ますから」

「な、なんだって？」

そして体は会長の……ごくり。いやいや、ダメだ。

「白スライムの姿のままでいいよ」

「どうしてですか？」

「いいからいいから」

「きゃっ」

笑顔で白スライム姿のシズクを抱きしめて布団に潜り込む。

「ご主人様……暖かいですぅ」

僕は白スライム族を利用した悪人のようになるつもりはないのだ。

◆　◆　◆

ジリリリリリ。朝六時半。目覚まし時計が鳴る時間だ。

「なんですか？　この音」

「目覚まし時計だよ。起きる時間を教えてくれるんだ」

「ニホーンには便利なものがあるんですね！」

「人間の話で聞いたことない？」

「ないです！　鳥の鳴き声で起きているって聞きます」

やっぱり異世界は中世レベルなのかもしれないな。

手早く顔を洗い歯を磨いて食堂に行く。

四人分のサラダとスクランブルエッグを作る。

おっと忘れちゃいけない。手早くシズクの分も作って隠した。

朝食はセルフサービスなので後はジャムとかバターとかパンを出しておけばいい。

トーストを二枚焼いて自分の部屋に持っていく。

牛乳も飲もうかな。シズクも牛乳飲めるかな。

「おや、鈴木氏？　部屋で食べるのかな？」

「あ、おはようございます」

げっ。食事をお盆に乗せて食堂を出ると木野先輩に会ってしまった。

食事は七時からになっている。まだ六時五十分なのに早い！

「はっはっは。鈴木氏はたくさん食べるのですな。結構結構」

先輩は別に気にしなかったようで食堂に入っていく。これからもシズクと暮らすなら見つからないように気をつけないと。

とりあえず僕の部屋に戻る。

「シズク。一緒に食べよ〜」

「はーい」

食べながら押し入れを確認する。

「参ったなあ～やっぱり普通の押し入れだよ。僕が学校に行っている時にダンジョンで過ごしてもらおうと思ったんだけど」

「ご主人様と学校に行っていいですか？」

「ええ？　日本にはスライムとかいないから見つかったらダメなんだよ」

「はい！　それはわかりましたけど、見つからなければいいんですよね？」

シズクはそう言うと体の形を変えはじめる。

畳の上に制服ができた。

「せ、制服？」

「はい！」

「驚いた。完全に制服だ」

軽く触れてみる。

触感も完全に繊維のそれだ。

「でも、どうして？」

「私、ご主人様の生活を学んで早くお手伝いしたいんです」

「お手伝い？」

「お仕事とか家事とか」

仕事って、そうか。

シズクは完全に僕になることができる。

パー◯ンには事件が起きた時に自分の代わりをしてもらえるコピーロボットがあったけど。

そういえば白スライム族は異世界では主人の代わりに仕事をしたらしい。

悪人のようにシズクを利用するつもりはないけど、一緒に暮らすのだから家事を手伝ってもらうのはいいだろう。

それに留守番をするぐらいだったら早く日本のことを知ってもらったほうがいいかもしれない。

「わかったよ。一緒に行こう」

「ありがとうございます！」

制服になったシズクを持ち上げる。

「あれ？　ブレザーとズボンがくっついているよ」

「ごめんなさい。分裂はできないので何処かでくっつけるしかないんです。なのでご主人様に裸になるか下着だけ着てもらって私がその上から服になります」

「なるほど。下着は着るよ」

「裸のほうがいいかもしれないですよ。洗濯もしなくていいし」

「それはなんというか……いろいろと上級者っぽいから、また今度で……」

「わかりました」

下着姿になるとシズクが服になって、僕に装着した。

「ほ、本物の服と変わらないよ。むしろ着心地がいいかも」

「えへへへ」

それからは一応、教えられる範囲で日本のことをシズクに教えた。

時間になったので学校に行くことにする。

ちなみにこはる荘から教室まで急げば、ドアトゥードアで三分だ。

空は黒い雲に覆われていた。まあ今は降っていないし、校舎まで走ればすぐだ。傘は持って行かなかった。

八時五十分からのショートホームルームのギリギリに着く。

僕には友達がいないので一人で席に座っているのがいたたまれないのだ。

自分の席に着くと隣の席の立石さんににらまれる。

転校してから何故かずっと、彼女ににらまれている。なにかしただろうか。

担任の先生がやってきた。

「出席を取ります。赤原くん」

「はい」

順番がきて僕の出席も取り終わる。制服になったシズクの着心地はよすぎて、スライムを着ていることを忘れそうだ。ぼーっと出席を取り終わるのを待つ。

「美夕さん」

先生が言った。

みゆうさん……何処かで聞いたような。美夕さん？　まさか⁉

返事はないが、教室の端で挙手する黒髪の少女がいた。

間違いない。美夕麗子だ。

確かに僕が転校してこのクラスの生徒になってから、あの席は空席だった。

「今日はいるのね」

先生は返事も聞かずに、そのまま次の生徒の出席を取る。

僕は今までも出席を取る時に美夕さんの名を聞いてはいたのだろうが、名字だけだから気がつかなかったらしい。

彼女が学校でよろしくねと言っていたのはこのことだったのか。


一時限目の授業も終わり、休み時間、友達のいない僕はやはり席に座ってぼーっと教室を眺めていた。

ふと美夕さんを見ると席を立って教室を出ていく。やはり黒髪で顔は見えないが、スカートから出る黒いストッキングがよく似合っていた。

ちなみに素晴らしいことに、この学校の制服のスカートは短い。

美夕さんから昨夜「学校でよろしくね」と言われたが、僕の席は窓際の後ろ、彼女の席は廊下側の後ろで離れている。

つまり教室の端と端だった。

よろしくねと言われても、よろしくすることはなにもなさそうだった。

待てよ。同じ寮生だし、クラスメイトからぼっち仲間と思われているかも。

幽霊みたいな留年生がクラスに溶け込んでいるとは考えにくい。

前の席で話している赤原くんと佐藤さんの会話が聞こえた。

「美夕さん、歌が上手かったよなあ」

「うん。ゴールデンウィークにカラオケ行った時よね。私、暗い人かと思ったけど、アニソンをノリノリで歌っていて。なんだっけ？　あの曲」

「恋愛サーチライトだよ。ラノベ原作のアニメの主題歌」

み、美夕さんは例のクラスカラオケに行っていたのか。

本当のぼっちは、どうやら僕だけだったらしい。

午前中の授業が終わり、昼食の時間になる。第一学園は弁当を持ってきてもいいし、購買部でパンやおにぎりを買ってもいいし、学食で食べてもいい。

寮生は弁当を作ってもらえないので、購買部か学食を選択することになる。

僕は学食に行くことにしている。

定食と別売りのおかず小鉢をいくつも選んで席に着いた。

昨日は木野先輩もぼっち飯をしていたから二人で食べた。

学食のサラダに自分で栽培したというマッシュルームを刻んで入れていた。

そりゃ、そんなことしていたら、ぼっちになるよな。

「ニホーンの学校は大きいですね」

急なシズクの声に驚く。あまりの着心地のよさに忘れていたが、シズクを着ていた。

「異世界の学校見たことあるの？」

「ないです。仲間たちに聞いた噂だけです」

そりゃそうか。シズクたち白スライムはダンジョンの地下に住んでいた。

日本だろうが、異世界だろうが、地上の光景はすべてはじめてなのだ。

もちろん日本の学食もはじめてだろう。

「どうしよう」

「どうしたんですか？」

僕が定食と別売りのおかず小鉢をいくつも買ってきたのは、もちろんシズクの分を考えてのことだった。

けれど、他の人に見られずに食べることができるんだろうか？

幸い今日は木野先輩もいないみたいだけど。

「シズクと一緒にご飯を食べたいんだけど、周りに見つからないように食べるにはどうしたら」

学食を見回すと、多くの学生が友達と一緒にお昼を食べている。

僕はシズクと一緒に食べるために、他の学生がいない学食の隅の席で食事を取る。

小さい声でなら会話ができる。

「え？　いいですよ。ご主人様だけ食べてください」

「なんで？　お腹減っているでしょ？」

「白スライムは一週間ぐらい食べなくても大丈夫です。お金もかかるでしょうし」

「そうなの？」

詳しく話を聞いてみると、白スライムは多めに食べておけば、一週間ぐらい食べなくても大丈夫らしい。そして昨晩と今朝の食事で〝多め〟になるらしい。

しかし、逆にも言えば……。

「でも、食べなくても、でしょ？　食べても大丈夫なんじゃないの？」

「それはそうですけど」

「シズクと一緒に食べたいんだよ」

「でも……毎食だとお金もかかるでしょうし……」

ううう。バレている。当然、学生である僕にはお金が潤沢にあるわけではない。

「周りの学生はみんな友達と一緒に食べているだろ？　シズクは友達だから一緒に食べたいんだ」

「友達……ご主人様……はい！」

服になったシズクが少しだけ震えた後、元気に答えてくれた。

「ではご飯をお箸で服に入れるようにしてくれれば」

「え？　口に入れるんじゃ？」

「白スライムは人間の姿になった時はそうしていますが、普段は何処からでも摂取、吸収できます」

とにかく試しにやってみることにした。周りの学生に見られないように、お箸でハンバーグの切れ端を摑んで、服に持っていった。

服になったシズクの中にお箸の先がすっと入る。

「とっても美味しいです！」

「こんな風に食べることもできるんだ。ともかくよかった」

「はい！」

一人で食べるご飯より、誰かと一緒に食べるご飯は美味しい。

「大根の煮物だよ」

「このお野菜も美味しいですね～」

「うん。うわっ！」

気がつくと誰もいなかった向かいの席には長髪ですべてが隠された少女が静かに、いや、音もなく座っていた。

「み、美夕さん。い、いつからいたんですか？」

ひょっとして、シズクのことを見られてしまったか？

「……」

相変わらず、返事はない。なにを考えているかまったくわからない不気味さがある。

確かに不気味さはあるけど。

「い、一緒に食べる？」

わざわざ端の席にきてくれたのだ。僕と一緒に食べたかったんじゃないだろうか？

黒い髪に隠された顔がわずかにうなずいたように見えた。

「今日は曇り空だね～」

今度はハッキリと美夕さんがうなずいた。

お決まりの天気の話題は返事がしやすかったのだろうか。

ふと気がついたことを聞いてみた。

「あっそういえば、美夕さんって本当は一年年上ですよね。敬語のほうがいいですか？」

すると、美夕さんは左右に首を振った。

きっと敬語はいやなのだろう。美夕さんにこちらから世間話をしてみる。

返事はないが、聞いてはくれているようだった。

もしなにかを見られていたとしても、意図的に美夕さんが僕を困らせるようなことはしてこないのではないかなと思えた。

昼食は終わって、午後の授業がはじまる。以前まで通っていた高校のほうが、少しだけ先に進んでいたので理解に苦しむことはない。シズクも静かに服になっていた。

最後の授業も終わる頃、小さな雨音が聞こえはじめる。それはポツポツという連続音に変わった。

やっぱり、傘を持ってくればよかったかなと思う。

先生が授業の終わりを宣言した。

「それでは今日の授業を終わります」

もう少し、曇り空で持ってくれたらなあと思ったが、後の祭りだ。

玄関で雨の様子を見ていると、雨音で会話が隠せると思ったのだろうシズクが話しかけてきた。

「ご主人様。みなさんが使っているのが傘ですよね？　私も服と傘になりましょうか？」

「シズクだけびしょびしょにさせて、僕だけ快適に帰るわけにもね。走って帰るよ」

幸いこはる荘まではすぐだ。服は濡れてもカバンの中の教科書やノートは大丈夫だろう。こはる荘まで走る覚悟を決める。

「わっ」

雨に濡れるゾーンに飛び出した瞬間、手首を引っ張られて引き戻される。

振り返ると長髪の少女がいた。

「み、美夕さん？」

美夕さんは傘を手にしていて、それを胸元まで上げた。

「ひょっとして、一緒に傘に入れって？」

美夕さんはコクンとうなずく。マ、マジか。

確かに住んでいる場所が同じという意味では理にかなっているけど、僕の中では仲のよい男女がしそうな行為に感じてしまう。

「でも、二人で入ると、やっぱり少し濡れちゃうから悪いよ」

彼女の傘がバサッと開く。そして開いた傘を指差す。

大きい傘だよってことのようだ。

「じゃあ、お邪魔します」

一本の傘に二人で入る。雨の匂いと女の子らしい香りが同時にする。

右手が雨の冷たさを感じる。左には美夕さんがいるから、無意識に距離をとってしまって雨に濡れたようだ。

彼女が怖いからだろうか。確かに見た目は某ビデオの幽霊のようだけど、優しい人なんじゃないかと思いはじめている。

そんなことを考えていると左腕の袖を引っ張られる。

どうやら雨に濡れないようにもっと近くに寄ってということらしい。

雨の匂いが打ち消されるほど、美夕さんの長い黒髪からシャンプーが香る。

この人、見た目が怖くてコミュニケーションを上手く取れないけど……すごくいい人なのかもしれない。

こはる荘に着く。雨はだいぶ本降りになってきた。

「雨がひどくなってきた。早く帰れてよかったね。ありがとう」

美夕さんはコクリとうなずいてから、音も立てずに奥に消えていった。

「学食の時もそうでしたけど、気配が全然ありませんよね」

確かに美夕さんはいつも突然現れる。

「学食で見られちゃったかな」

「すいません」

「シズクのせいじゃないし、仕方ないよ。もし見られていたら広めないように話してみるよ」

きっと話せば、わかるはずだ。でも、美夕さんとまともに会話できるんだろうか？

「それよりシズクは雨に濡れなかった？」

「私はあれぐらいの水なら吸収してしまうこともできますし、撥水することもできますから大丈夫ですよ」

シズクが変化した制服はまったく濡れていなかった。本当に便利だ。

薄暗い廊下を歩いて、鍵を開けて自分の部屋に入ろうとする。

「ひっ！」

長髪の女性がすっと一緒に入ってきた。

美夕さんだ。どうやらいつの間にか真後ろにいたらしい。

「ど、どうしたの？」

美夕さんは無言でピンク色のバスタオルを僕の頭に乗せた。

そして優しく丁寧に僕の頭を拭いてくれる。

そういえば、引き戻されて相合傘になったけど、最初は走って帰ろうとしたので頭が少し濡れていた。

「あ、ありがとう」

バスタオルは柔軟剤が使われているのか柔らかくいい香りがする。

やっぱり女の子らしい人なのかもしれない。

長い黒髪で顔を隠すちょっと不気味な女の子なのに、なんだか変な気分になってくる。

バスタオルを頭から取ってくれる手の動きも美容院のお姉さんのように心地よい。

薄暗い僕の部屋で制服の少女と二人、無言で立ち尽くす。

ところが、美夕さんが僕の制服というかシズクを指でツンツンとつつき出す。

やはり学食でシズクにご飯を食べさせていたのを見られていたんだろうか？　それとも制服が雨にまったく濡れていないことをいぶかしんでいるのだろうか？

どちらにしろヤバい。

美夕さんは不思議そうに少しだけ小首をかしげてツンツンをやめる。

とりあえず、ほっとした瞬間、薄暗い部屋が光って轟音が響く。

顔が見えない長髪の少女が一瞬だけ雷で光るのは恐ろしかった。

と、同時に美夕さんが雷を怖がって僕に抱きついてこないだろうかという矛盾した謎の期待も抱いてしまう。

雷は一度ではなく、二度、三度と鳴り響く。

「美夕さん、大丈夫？　怖くない？」

ハッキリと首を左右に振る。別に怖くないようだ。

抱きついてくるという期待はなくなり、稲光のたびにパッパッと映る黒髪の姿にもなんとか慣れてきた。

このまま立ち尽くしているのもなんだし、お茶でも飲もうか。

シズクのことを見られたか探りも入れたい。

「お茶でも……」

「ご主人様ぁ～この音と光はなんですか？　怖い！　怖いです！」

し、しまった。

シズクはダンジョンの地下深くに隠れ住んでいる白スライム族だ。

雷は知識としては知っていても、はじめての体験に違いない。

美夕さんにシズクの叫びを聞かれてしまったし、そもそもシズクを着ているので体があっちこっちに引っ張られる。

再びピカッと光って轟音が鳴り響いたのと同時にシズクのズボンに足を取られて後ろに倒れる。

後頭部に強い衝撃を受ける。壁に頭を打ったのかなと思いつつ、意識が遠のいていった。

◆　◆　◆

「……ん。いてて」

「ご主人様、大丈夫ですか？」

見覚えのない美少女が僕を覗き込んでいる。

どうやら美少女は膝枕してくれているらしい。

「シズクか」

悲しいけど僕に膝枕をしてくれる女の子なんているわけがない。

シズクに決まっている。

けれども、こんな美少女はまったく知らない。色白で顔が整っていて、なにより艶のある黒髪が美しかった。一体、誰に変身したのだろう。

彼女が僕の顔を覗き込むと、長い黒髪が二人だけの空間を作った。

「大丈夫だよ」

笑顔を作って大丈夫と答えると、シズクが変身した彼女も微笑んだ。

その笑顔が恥ずかしくて体をひねる。

仰向けから横向きの体勢になると、彼女がスカートを穿いていることに気がつく。

ウチの高校のスカートか？　手にはすべすべとした感触もある。

黒ストッキング？　何処かで見たような……。

「ご主人様、ごめんなさい。大丈夫そうでよかった」

長い黒髪に作られた二人の世界の外からシズクの声が聞こえる。

まさかと思い仰向けになる。

「ひょ、ひょっとして美夕さん？」

キョトンと少し驚いてからコクンとうなずく。肯定する姿も可愛らしい。

まさか美夕さんが……こんな美少女だったとは。って、マズい！

僕は美夕さんのストッキングを触った上に、今でも枕にしている。

体を起こさねば！

起きようと膝から頭を離す。

「え？」

ところが美夕さんが僕の額に手を置いた。

どうやら、膝枕は不本意というわけではなく、まだ続けていていいらしい。

そして、お互いの顔が近いことと、彼女の唇が動いたことで、もう一つ、わかった。

「もう少し安静にしたほうがいいわ」

美夕さんは声が小さいだけで、ずっと普通に話していたのだ。

雷の光と轟音はおさまって、窓からは雲の晴れ間の光が差し込んでいた。

◆　◆　◆

「トオルくん。私の指、何本？　ここは何処？」

「チョキで二本。学生寮の僕の部屋で一〇一号室です」

「大丈夫そう。よかったわね。シズクちゃん」

「はい！」

安静にしていたほうがいいと、まだ美夕さんの膝枕のお世話になっていた。

雷も鳴り止み、静かな部屋の中ではなんとか美夕さんの声も聞き取ることができる。

畳の上で黒ストッキングの美少女から膝枕をされるのは心地よい。

心地よいが……なんで美夕さんはシズクと打ち解けているんだ？

いや、打ち解けること自体はなにもおかしくないか。

二人、いや一人と一匹は僕の回復を願うという共通の目的を果たしたところなのだから。

けど、普通は先に白スライムの存在自体に疑問を持つと思う。

「あの美夕さん。シズクのことをなんていうか……」

美夕さんは僕がそう言っても不思議そうに首をかたむけた。

どうも伝わらないらしい。

「不思議に思わないんですか？」

「シズクちゃんのこと？　びっくりしたよ。でも、洞窟ならどんなモンスターがいても不思議じゃないでしょ？」

美夕さんは笑顔を作ってシズクに手を置いて撫でる。

「み、美夕さんはダンジョンを知っているんですか？」

「やだ、トオルくん。洞窟に一緒に行こうって約束したじゃない。頭を打ったから忘れちゃったの？」

た、確かに昨日の夕食の席で、そんな話をしたけど。

第三章　狼少年か？　神様か？　美少女か？

シズクを見ても、美夕さんはほとんど驚くことはなかった。

彼女は洞窟にはどんなモンスターがいても不思議じゃないという。

洞窟とは間違いなくあのダンジョンのことだろう。

つまり、美夕さんは知っているのだ。

「トオルくん。痛みとかめまいとかない？」

「え？　あああああ！　す、すいません」

僕は美夕さんの膝枕を受けていた。

制服になってくれていたシズクは畳の上でスライムの姿に戻っていて、僕はTシャツとトランクスという下着姿だった。

これではダンジョンの話をする以前の問題だ。

跳ね起きてジーンズとパーカーを着る。

「す、すいません！　もう大丈夫です！」

どうやら僕は玄関で気絶してから、和室に運ばれて寝かされていたようだ。

黒髪で顔の隠れた幽霊スタイルの少女は静かに畳の上に正座している。

僕も彼女の正面に向きあう形で正座する。

「……」

距離ができたせいで美夕さんの声がまた聞こえなくなった。

おそらく責められていると思う。

「ご主人様、美夕様はよかったって安心されていますよ！」

「え？　そうなのシズク？」

「はい！」

美夕さんを見ると顔がコクコクと上下に動く。膝枕をしていたことは怒っていないようだ。

よく考えれば僕がしたわけではないのだから、怒られるわけがないか。

「頭は大丈夫です。それよりダンジョンの話なんだけど」

僕がダンジョンのことを聞くと美夕さんはなにか話しながら手を広げる。

なにか大きなものを表現しているようだが、大きいということ以外はサッパリわからない。

「美夕様、美夕様、お声が小さくてご主人様に聞こえてないみたいですよ」

僕が指摘していいことか悪いことなのかわからなかったことをシズクは堂々と話す。

美夕さんが畳の上のシズクのほうを向いて固まった。これは僕にもわかった。

本人も気づいていなかったやつだ。

「え？　これでも結構大きな声を出している？」

シズクは僕より聴覚がいいのか、どうにか聞き取れているようだ。

そういえば、シズクは今までも何度か美夕さんの言葉を伝えてくれていた。

「はい、はい、なるほど。これ以上大きな声を出すと叫んでいるようで恥ずかしいのですか。それでしたらご主人様のお耳元でお話しされては？」

あれで大きな声を出しているつもりなのか？

そんなことを考えていると美夕さんは正座のままスッと膝を詰めてくる。僕のすぐ真横にきた。

「ど、どうしたんですか？」

今度は顔を近づけてきたので、つい仰け反ってしまう。女の子に慣れていない。ましてや美少女だ。顔が見えれば、だけど。

ところが美夕さんは僕の後頭部に優しく手を乗せて引き寄せてきた。

「これで聞こえる？」

あ、そういうことか。

理解すると同時にいい香りがする。

「う、うん」

「よかった。私についてきて」

「え？」

美夕さんは立ち上がって、少しだけ玄関のほうに歩きこっちを振り向く。

ついてきて、ということなのだろうか。

シズクをダンボールに入れて美夕さんの後をついていくことにした。

美夕さんは寮の廊下に出て少し歩いて振り向く。

「ついて行っているよ」

美夕さんがスッスッスと歩いていく。

相変わらず音を立てない。

「え？　ここは美夕さんの部屋」

ま、まさか……。

部屋のドアを開けて中へどうぞというように彼女は立っている。

「えええええ？　美夕さんの部屋に入れってこと？」

コクコクとうなずかれる。

こ、これはどう解釈したらいい？

なにかの呪いの生贄にされるとかないよね。

その危険の疑いは素顔を見てからかなり軽減されているが、美少女だからって本当に軽減していいのだろうか？

あるいは……健全な若い男女の。いや不健全かもしれないけど男女のアレなのか。

思えば彼女は何故か僕を下の名前でトオルくんと呼ぶ。しかも、顔を近づけられたり、膝枕をされたりと好意を感じないでもない。

そういうことなんだろうか。正直、経験がないからわからない。

いや、ちょっと待ておかしいだろ。僕のようなクラスのぼっちで顔も普通ぐらい（だと思う）の目立たない男子へ、急に好意を抱くか？

そうすると呪いの生贄説が……。

いや、でも本当に僕のことを……。

その時だった。近くの部屋のドアがカチャカチャと鳴る。

しまった。あそこは会長の部屋か⁉

僕が美夕さんの部屋に隠れ込むと同時に声が聞こえた。

「レイちゃん、音が聞こえた気がしたけど、なにかあった？」

美夕さんは廊下で玄関のドアを軽く閉めた。僕は会話を聞き取ろうと薄暗い玄関で息を潜める。

「そう。ならいいのだけど」

会長が納得して部屋に戻った音がする。

美夕さんは僕のことを話さずになんでもないですとでも言ったのだろうか。

「僕のことを話さないということはやっぱり生贄だから隠したのか。健全な意味のほうなのか？」

また玄関のドアをカチャッと開く。美夕さんが入ってきて、部屋の照明のスイッチを入れてくれる。

白色を基調にした女の子らしい部屋で生贄の線は一気に低下した。つい逆の期待を抱いてしまう。

「どうぞ。上がって」

耳元でささやかれる。美夕さんに恐ろしさを感じなくなると、むしろ大人っぽい魅力を感じる。

そういえば、学年で一つ年上だった。

通された部屋は和室のはずなのにカーペットが敷かれたり、ベッドがセットされたり、ふすまに壁紙が貼られて洋室のようになっている。

窓には白いカーテンが掛けられている。厚手で外からの光が入ってこない。外からも見えないだろう。

やっぱり……。

座る場所は二ヶ所あった。ベッドと学習椅子。美夕さんはベッドに座る。

絵面だけで見ると顔を隠すほどの長髪の少女が無言で座っているのだが、今は彼女の素顔を知っているので、ただドキドキしている。

学習椅子に座ろうとすると美夕さんが立ち上がって僕の肩を掴んでベッドに座らせた。

そして隣に座った美夕さんは横から僕の首筋に顔を近づけてきた。

やっぱりなのか⁉

「椅子に座ったら耳元で話せないよ」

え？

椅子は学習椅子でもちろん一人用だ。

つまりベッドで並んで座らないと声の小さい美夕さんとは会話できないということか。

どうやら生贄でも男女のアレでもなかったらしい。

「なにか飲み物いる？」

「の、喉は渇いてないかな」

でも可愛い女の子の部屋に上げてもらったことなどない。

「固まっちゃってどうしたの？」

「い、いえ」

しかも、その女の子とベッドで並んで座ると、制服のスカートから見えるスラリとした黒ストッキングの脚が目に入ってしまう。

顔を上げられないのでそればかり目に映る。

こんな状況で固まらずにいられるか。

「トオルくんってすごいよね」

美夕さんに耳元で急にすごいと言われて戸惑う。

「な、なにが？」

「寮のご飯作ってくれたり、掃除してくれたり」

「あ～そういうことか」

他にも食材や生活消耗品の買い出しとか夜の点検とか施錠確認などもしている。

「諸事情あって子供の頃から親の代わりに家事をやっていたから」

だらしない親でも美夕さんに尊敬される役には立ってくれたらしい。

「私にはできないよ……。すごいね」

「大したことないよ」

「トオルくん」

美夕さんが僕の名前を耳元でささやく。

「な、なに？」

これは世間ではいいムードと言われているやつではないだろうか？

「抱っこしていい？」

「えええ？」

抱っこ？　そういうプレイなのか？

「い、いいですけど」

「ホント?」

美夕さんが手を伸ばした……ダンボールの中にいるシズクに。シズクを胸に抱きしめる。

「シズクちゃん可愛い～」

「ありがとうございます」

シズクも嬉しそうにプルプルしている。

「そっちか」

「?」

美夕さんはシズクを抱きながら不思議そうに首をひねっている。

それにしても、僕はどうして部屋に呼ばれたんだろうか?

「シズクちゃんは小さくて可愛いわね」

小さい?　僕が抱いていたスライムのイメージより少し大きいけど。

「結構、大きくない?」

「マーちゃんと比べたら全然小さいじゃない」

「マーちゃん?」

「こんなに大きいんだから」

美夕さんは僕の部屋でもした手を広げるジェスチャーをした。

あれはマーちゃんなるものの大きさを表現していたのだ。

ともかく大きいということはわかったけれども、正体はまるでわからない。

「洞窟に行ってマーちゃんに会おうよ」

美夕さんはどうもダンジョンのことを洞窟と言っているフシがある。

つまりマーちゃんってダンジョンにいるのか⁉

それよりも！

「美夕さんはダンジョンに入れるの？」

「ダンジョン？　あ、洞窟のことね。トオルくんも入れるんじゃないの？」

「どうやって⁉」

僕とシズクは昨夜からダンジョンに入れていないことに困っているのだ。

「ふすまからでしょ」

僕の部屋と同じだ。

なら美夕さんの部屋のふすまを開ければダンジョンにつながる石壁と鉄の扉が現れるのか？

またレベルアップやダンジョンの探検ができるのだろうか？

「ふすま開けていい？」

「え？　いいけど……」

またダンジョンを探索したい気持ちを抑えられない。

壁紙を貼って洋室のように模様替えをしてある美夕さんの部屋のふすまを開ける。

そこには綺麗に衣類収納ボックスが並んでいた。

ごくありふれた押し入れの中だ。

「え？　ダンジョンの扉がない」

予想と反した結果の前に立ち尽くしているといつの間にか美夕さんが後ろに立っていた。

耳元でささやかれる。

「これ忘れているでしょ」

美夕さんがそう言って僕になにか硬いものを手渡した。

「これは鍵？　まさか」

ふすまを一度閉じて開け直す。

「な⁉」

僕の目の前にあの石壁と鉄の扉が現れる。

まさかこはる荘の部屋の鍵がダンジョンと日本をつなぐ鍵なのか？

そういえばはじめてダンジョンに入った時は制服も着替えていないままだった。制服の中に鍵が入っていたと思う。

そしてダンジョンに入れなくなったのは、シズクとお風呂に入って部屋に戻った時だ。

ダンジョンの扉がなくなった時、鍵は玄関のキーボックスに戻していた。

つまり理由はわからないけど、こはる荘の部屋の鍵がダンジョンへの扉を開く文字通りの〝鍵〟

になるということか。

「扉を開けても大丈夫？」

美夕さんがコクコクとうなずく。

彼女は鍵のことも知っているのだから何度も出入りしているのだろう。

とりあえず、急にモンスターが襲ってきたりする心配はなさそうだと思い、安心して扉を開ける。

「ここは一体⁉」

美夕さんの部屋から入れるダンジョンの光景は、僕の部屋から入れるダンジョンの光景とはまったく違った。

木々が生い茂り、やわらかな陽光が差し込む森のような場所だった。

ダンジョンにもかかわらず、陽光のような光が降り注いでいるのだ。

ただドアは自然岩のような岩壁にあるので、やはりこの巨大空間は洞窟内だろうと推測できる。

「美夕さんはここによくきているの？」

美夕さんはコクコクと首を縦に振る。

「危なくない？」

美夕さんはブンブンと首を横に振る。

彼女は少なくとも何回かここにきていて、しかも安全と認識しているらしい。

「そっか。じゃあ行こうか」

僕と美夕さんは寮の玄関から靴を持ってきて、シズクも連れて森のようなダンジョンを歩く。

短い下草が生えていて歩きやすく、まるで林道をハイキングしているかのように錯覚してしまう。

「気持ちいいね。ダンジョンの中なのに森を散歩しているみたいだ」

「ホントですね～気持ちいいです」

美夕さんがコクコクとうなずき、シズクもそうですねと同意してくれる。

しばらくすると次第に木々が開けていく。そして完全に開けた場所が見えてきた。

木々はなくなり、太陽のものではない光が降り注ぎ、地面には野花が咲いている。おそらくこの空間の中心だろう。

そこに巨大な狼が悠々と寝そべっていた。しまったと思う。あまりの大きさに近寄るまでなにかわからなかった。

人間が動物だった頃の原始の本能が教える。この狼はやばい。

生物としての存在が高い山や大きな海といったような大自然を連想させるのだ。

寝そべる狼の首は既にこちらを向いていて、ダンジョンに入った時から気がつかれているように思えた。

不幸中の幸い、巨狼（きょろう）の様子は落ち着いていて威圧感は感じなかった。

触らぬ神に祟りなし。静かに回れ右をして帰ろうとした。

ところが、美夕さんはその狼のほうに歩いていってしまう。

戻ろうと呼びかけたいのだが、先に進んでしまった美夕さんを呼び止めるほど大きな声を出せば、腹を立てて攻撃してくるかもしれない。

足元のシズクにだけそっと話す。

「シズク、先に部屋に帰っていてくれ」

「どうして⁉」

今の巨狼は波のない穏やかな海のように見える。

しかし、僕らは大海に浮かんでいる小さなイカダなのだ。

海が荒れれば立ちどころに飲み込まれ消える。

「僕が美夕さんを連れて帰るから」

足が勝手に震えて前に出すのが難しくなっていた。

「ご主人様は私のことをお友達と言ってくれました！　冒険をするならどんな時も一緒ですよ！」

「シズク……わかったよ。一緒に行こう！」

足の震えが小さくなって、なんとか歩けるようになる。一緒に歩いてくれる友達がいることがこれほど大きいのか。友達はやはりスライムだろうと関係ない。

美夕さんに追いついたのは巨狼の前だった。

巨狼は明らかに目の前に立つ美夕さんを意識している。

『まさか人間が二人もマカミの間にくるとは』

この狼は話せるのか！　それなら説得はできるかもしれない。

僕は美夕さんの横から前に出る。

「あ、あの。お邪魔しました。すぐに帰りますんで」

巨狼が牙を見せてニヤリと笑った。

その大きな牙に美味そうだと言われている気がした。

『まあ、ゆっくりしていけ』

ダメなのか。いや、諦めるな！

「あ、あの人間とか食べても美味しくないですよ。スライムも全然美味しくないと思います」

『ほう。そうなのか。だが腹は減っている』

やっぱり、そうきたか。

だが、美夕さんもシズクも僕によくしてくれた。最後の説得をしてみる。

こうなりゃ僕が食われている間に二人だけでも。

「女の子を食べたら髪が絡まるし、スライムは水っぽくて味がしないですよ。僕は結構美味しいと思うんで……その、お願いします！」

『はははは』

巨狼が笑う。納得してくれたのだろうか。

美夕さんはスススッといつもの音のしない歩きでどんどん巨狼に近づいていく。

まさか美夕さんも僕と同じことを？

ところが巨狼は微動だにしない。

美夕さんはベッドにダイブするように動かない巨狼のお腹に倒れ込んだ。

そして大の字になる。

これはベッドのように巨狼のモフモフ感を楽しんでいるのか……？

『どうした？　食われるとでも思ったか？　思ったんだろうな。ははははは』

「お、思ってないですよ」

『レイコとスライムを守ろうと自分自身を食わせようとしていたではないか』

レイコというのは麗子だし、美夕さんのことだろう。

図星だが、適当に笑って誤魔化すことにした。

「ま、まさか。そんな。ははは」

巨狼さんは僕らの命をとるつもりはなさそうだった。

ほっとはしたが、恥ずかしいから美夕さんやシズクの前でそんなことを言わないで欲しい。

『レイコが男を連れてきて驚いたが、連れてくるだけのことはある』

「男ぉ？」

『隠さずともよい。どうやらお前はそこらの人間の男とは違うようだな』

男。美夕さんが人間の生物学的オスをこの場所に連れてきて驚いたということか。

でもなんとなく恋愛の対象としての男という表現のような気もしないでもない。

そんなことを考えていると、美夕さんが立ち上がって僕の腕を取る。

彼女が僕の腕を取ったまま巨狼さんのお腹にダイブする。

「ふおおおお」

き、気持ちいい。外から見ていてもこのモフモフは気持ちよさそうだったが、実際に飛び込んでみると格別の肌触りだった。

そして美少女が笑顔で寝転んでいる。シズクもいつの間にか球体になって気持ちよさそうに転がっている。

『はははは』

巨狼さんも楽しそうに笑っている。

一瞬、もう実は死んでいて天国にいるのかと疑うほどだった。

美夕さんが顔を僕の顔にくっつくほど近づけてくる。

「ね？　マーちゃんのお腹気持ちいいでしょ？」

「え？　マーちゃん？」

「うん！　マカミのマミマミ、マーちゃんって呼んでいるの」

マーちゃんってこの巨狼さんのことだったのか？

そういえば美夕さんは手を広げるジェスチャーをしていた。

マーちゃんは怖くないとか話せるとか先に教えていて欲しかった。教えてくれていたかもしれないけど。

「それにしても〝マカミ〟？」

〝マ〟についてはわからないが、〝カミ〟とは神のことではないだろうか。

巨狼さんの存在の大きさは大自然に触れたような神聖さを感じさせる。

『真神（マカミ）はニホンオオカミの神だ。お前たち日本人はワシや力を持つ同族をマカミと呼んでいた』

「ニホンオオカミ？　絶滅したんじゃ？」

ニホンオオカミは既に絶滅したと言われている日本にいた狼だ。

『ふっ。こちらの世界では生きているよ。たまに今でも日本に迷い込んでしまう子がいるようだがな』

確かにたまに目撃したというニュースになる。

僕もそれでニホンオオカミのことを知ったのだ。

「マカミ……」

日本人は結構なんでも神様にしてしまう。

真神というのは聞いたことはないけど、そんな神様もいるのかもしれない。

『知らんか？　では、日本でフェンリルを聞いたことがないか？　ヤツは有名になったと聞いているぞ。あいつはワシの同族だ』

「フェンリル！」

よくファンタジーのゲームに出てくる。元々は北欧神話の神様と戦ったモンスターのはずだ。最強の神様であるオーディンを倒したとか。

神話がそのまま事実を伝えているわけではないと思うけど、巨狼さんの存在を考えるとその一部は本当の話だったのかもしれない。

『もっとも同族と思われたくないヤツだがな。人間にもいるだろう。はははは』

確かに人間にも同じ人間と思われたくない人がいる。

「それにしてもダンジョンにこんな場所があるんですね」

ダンジョンの中のはずなのに、まるで外の森のようだ。

『ああ、天井に太陽ゴケが張りついている。まるで外のようだろ。ヨーミのダンジョンは魔素(まそ)も濃いから栽培しやすい』

なんだって！

ヨーミのダンジョン!?　僕の部屋とつながっているダンジョンも、ヨーミのダンジョンとシズクは言っていた。

「ここもヨーミのダンジョンなんですか？」

『そうだ』

「僕の知っているヨーミのダンジョンはこんなところではないのですが」

レンガのような石のブロックの壁で組み立てられている、もっと幾何学的な構造のダンジョンだった。

『お前もレイコもゲートから直接きたのだったな』

「どういうことですか?」

『日本とつながるダンジョンなら、それはヨーミのダンジョンだろう』

巨狼さんの話によれば、ヨーミのダンジョンは地下百層を超える巨大ダンジョンで階層や場所によって姿をすっかり変えるらしい。

つまり、まったく様相が違っても、僕の部屋のダンジョンと美夕さんの部屋のダンジョンは同じで何処かでつながっているだろうということだった。

「どういうことですか?」

『ヨーミのダンジョンは元々その濃い魔素を利用して、人間の一族が日本へのゲートを作った場所だ。数千年前から封印されていたがな』

「そ、そんな場所が立川だったとは……」

ってか、そんなところがおばあちゃんの物件とつながってしまったのかよ。

報告しないといけないが、千春おばあちゃんはフェンリルと同じぐらい恐ろしい。

剣道やらなぎなたやら複数の謎の古武道が師範級の腕なのだ。レベルなんか百ぐらいあるんじゃなかろうか。

そうだ！　忘れていた！　レベルアップだ！

せっかくヨーミのダンジョンの違う場所に出られたのだ。

僕の部屋からだとオオムカデなど危険なモンスターもいるらしいけど、この階層なら平気かもしれない。

「すいません。この階層にはモンスターは出ますか？」

『そうだな。五、六十年ぐらい前にはベヒーモスが上の階層から迷い込んできたぞ。美味かったな。そういえば、あれ以来なにも食べてないな』

突っ込みどころが多すぎる。

これまたゲームでよく聞くモンスターのベヒーモスなのか？

美味かったって食ったのか？　五、六十年、なにも食べていない？

「ベヒーモスってどれぐらいの大きさですか？」

レベル上げには無理だとは思いつつも、万が一の期待を込めてとりあえずベヒーモスの強さに関することを聞いてみる。

『ワシの三倍ほどか。少しだけ苦労したな』

お腹がキングサイズ以上の大きさのベッドになる狼さんの三倍かよ。

少なくとも今は絶対に勝てない。

レベルアップどころか確実に死んでしまう。

そもそも神話に出てくるような狼さんが少しとはいえ苦戦しているのだ。

美夕さんも教えてくれた。

「危ないからマーちゃんがいるこの広間から出ないほうがいいって」

『そうだ。この階層には人間が魔王と呼ぶヤツらと同じぐらいの強さのモンスターが普通に出る。個体数は少ないがな』

せっかく新しいダンジョンの出入り口を見つけたが、僕の部屋からつながる階層のモンスターよりも強い。レベルアップする前に死んでしまうだろう。

「どうしたらいいんだろう」

『なにか困っているのか？』

ポケットに入れていたスマホがブーブーと振動する。

「あ、そろそろ夕食を作らないといけない時間だ！」

遅れると会長に怒られるのでアラームを設定していた。

「トオルくんの作るご飯は美味しいものね」

「はい！　ご主人様のご飯はとっても美味しいです！」

「いやそんな。ふふふ」

美夕さんとシズクに料理の腕を褒められる。密かに自信があるので悪い気はしない。

ところが、巨狼さんがそれに食いついてしまった。

『ほう。そうなのか。ワシも食ってみたいものだな』

「え？」

美夕さんが同意する。

「それいいわね。マーちゃんも食堂にきてもらったら？」

いやいやいや。無理だろ。

恐竜みたいなデカさの狼だよ。

「食堂が壊れちゃうよ」

美夕さんは大丈夫だと思うと言うけど絶対にダメだ。

『なんとか頼む。もう五、六十年は食っていないのだ。そのワシの前でメシの話をしたのだぞ』
五、六十年もなにも食べてないのは確かに可哀想だ。
「じゃあ……なにか作って持ってきます。いろいろ、ダンジョンのことを教えてもらいましたし」

『すまんな。美味かったらもっと教えてやるぞ』

学友の食事を作るだけでも経験がある人は少ないと思うけど、まさか神様の料理まで作るハメになるとは。

◆　◆　◆

「こ、これ、どうしたの？　鈴木氏」

いつものようにキッチンにキノコ料理を作りにきた木野先輩が驚く。そりゃ驚くだろう。

すべてのコンロをフル稼働にして大量のハンバーグを焼いているのだから。

「会長がたくさん食べますから」

「いくら会長だってこんなには食べないと思うけど」

「おばあちゃんのホームの人にも、お土産で持っていこうかと」

「ふーん。コンロ一つ貸してね。キノコ炒め作りたいんだ」

老人ホームは食べ物の差し入れなんて受け取ってくれない。

ましてや他の入居者や職員にまで行き渡る量だ。

でも先輩はそれで納得してしまった。キノコのことが最優先なんだろう。

ただ心配なのはハンバーグのパテが玉ねぎ入りということだ。

犬は玉ねぎが食べられない。狼はどうなんだろう。

これは大量に作って冷凍してあったものだからどうにもできなかった。

念のため、美夕さんにドッグフードを買ってきてもらうように頼んだけど。

夕食が終わった。みんなは食堂を去る。

僕は焼き上げておいたハンバーグをパンに挟んで大量のハンバーガーを作った。

美夕さんにはドッグフードを持って先に行ってもらっている。

「よし！　行くか！」

ハンバーガーを大きなダンボール箱に詰め込んで、美夕さんの部屋を目指す。

シズクがドアを開けてくれた。

会長がいないのを確認してササッと美夕さんの部屋に入る。

「美夕さんは？」

「マミマミ様のところへ先に行っています」

異世界につながるドアは開けっ放しになっている。

靴を履いてダンジョンの森を歩く。

「ハンバーガーって料理をたくさん作ってきたんだ。シズクの分もあるからね」

「ありがとうございます！」

僕も一緒に食べられるようにと、寮の夕食はご飯を小盛りにしておいた。

せっかくなら巨狼さんと一緒にみんなでハンバーガーを食べたいしね。

森の空間の中心であろう開けた場所が見えてきた。

巨狼さんが寝そべり、隣には美夕さんが立っていた。

「料理を作って持ってきましたよ～」

『待て待て。今はこれを食っている』

見ると巨狼はガツガツとドッグフードを食べていた。少し安心する。

もし玉ねぎが入ったハンバーガーを巨狼さんが食べられなかったらと思ったけど、ドッグフードを美味そうに食べているならいいか。

「じゃあ僕らも食べようか。シズクどうぞ。美夕さんも少しいる？」

「ありがとうございます！」

シズクがお礼を言って美夕さんもうなずく。

三人でハンバーガーを手に持つ。

「いただきます」

ファストフードチェーンのハンバーガーも美味しいけど、自分で作った分厚いハンバーグをパンで挟んだものは格別だ。

それに森で食べるのも気分がいい。

夕食を少しだけしか食べなかったのもよかったかもしれない。

「ご主人様～美味しいです～！」

シズクも美夕さんも美味しそうに食べている。

フレッシュな野菜を挟んだのもよかったのだろう。

『お前たちが食べているものはなんだ？』

ふと巨狼さんを見るとアレだけガツガツ食べていたドッグフードがピタリと止まっている。

「ハンバーガーっていうんですけど」

『美味そうな匂いだな』

もちろん巨狼さんのために作ったんだけど、玉ねぎは大丈夫なんだろうか。

「実はこれ玉ねぎが入っていて。元々、大量に作って冷凍保存していたハンバーグのパテで作ったものなので分離し難く」

『玉ねぎのなにが問題なのだ？　ああ、ひょっとして犬は玉ねぎを食べてはいけないということを気づかってくれているのか？』

「平気なの？」

『ワシを倒せる毒を持つのはヨルムンガンドぐらいだ』

北欧神話のヨルムンガンドなら知っている。フェンリルの兄弟で雷神トールに毒を使って相打ちになった巨大な蛇だ。神々の戦いの領域だぞ。

この巨狼さんが言っていることは本当なのだろうか。

ともかく、ハンバーガーはあげることにしよう。

「はい。どうぞ」

ハンバーガーを一つ取って渡そうとすると、立ち上がった巨狼さんにバグゥと腕ごと嚙まれる。

「うわあああああああ！」

『慌てるな』

腕には傷一つついてない。

ハンバーガーだけがなくなっていた。正直、心臓に悪い。

巨狼さんがもぐもぐとハンバーガーを食べる。

『な、なんだこれは……』

「ハンバーガーですけど？」

『もっと、もっとくれ！』

巨狼さんが尻尾をパタパタと振った。見るからに興奮しているようだが、そんなに美味かったのだろうか。

しかし、無傷とはいえ、あの恐怖を再び味わいたくはない。めっちゃ興奮しているし。

そんなことを考えていると美夕さんがスッと立ち上がる。

箱からハンバーガーを取り出しては次々に巨狼さんの口に投げ入れ出した。

『美味い！　美味いぞ！！！』

まったく嚙まなくても味がわかるのだろうか。

美夕さんが箱を逆さにしてもうないよというジェスチャーをすると巨狼はやっともぐもぐと嚙みはじめた。

『これほど美味いものを食べたことがない。お前は料理人なのか？』

確かに自作のハンバーガーだけど、そんなに美味しいだろうか。

異世界にはないウスターソースとトマトケチャップの味が気に入ったのかもしれない。

「ソースの美味しさですよ。それは僕が作ったものじゃないから」

「ご主人様が作るものはなんでも美味しいのです！」

シズクが胸を張ってくれる。スライムだから喋り方でそう判断した。

美夕さんもコクコクとうなずく。

そういえば美夕さんは毎日僕の料理を食べてくれている。

『とにかく、もっと食いたい』

「すいません。もうなくて」

『作ってくれないか？』

料理は嫌いじゃないから作るのは構わない。

しかし、これほどの量を食べられるとこはる荘の食事代がなくなってしまう。

ただでさえ学生寮の予算は多くはないのだ。

「先に食べていたドッグ、もとい乾燥フードならお得用のものも買ってこられるんですが」

巨狼さんはその大きさと比べれば少食のようだが、それにしたって食う。

ドッグフードでも相当お金がかかりそうだ。

美夕さんが巨狼さんの顔に近づく。

なにか話しているのだろうか。

『なるほどな。人間が求める金（カネ）というやつか』

どうやら美夕さんが話してくれたようだ。

「そ、そうなんですよ。僕はまだ学生であんまりお金持ちのほうじゃなくて」

会長はお金持ちだけど、僕はむしろ貧乏だ。

『そうか。それは悪いことをしたな。あれほどの美味しさ。ハンバーガーという食べ物も高級品だろう』

「そんなでもないですけど」

ファストフード店の主力商品になるぐらいだし。

『真神族として恩を返さねばな』

お礼をしてもらうために作ったわけではないが、とりあえずダンジョンやこの世界についていろいろ聞こうか？

そういえば、鍵について疑問に思っていた。

「あの～日本の集合住宅の鍵がこのダンジョンにつながるドアを出現させるためのアイテムになっているようなのですが、どういうことでしょう？」

僕は寮の個室の鍵を見せながら巨狼さんに聞いてみた。

現代の日本の無機質な建物の鍵がどうして異世界のドアを出現させるアイテムになるのか。

『元々、このダンジョンと日本の地にゲートは作られていた。その鍵はゲートを出現させるイメージの補強になったのだろう』

「わかるようなわからないような」

『つまりゲートを出現させたのはお前だ。鍵はその手助けに過ぎない』

「えええ？　そうなんですか？」

『疑うのか』

う、うーん。自分がそんなことをできるとはちょっと信じられない。

けれども、これ以上聞いたら怒られそうだ。レベルアップについて聞いてみるか。

そちらのほうが実用的だ。

「あの～僕はレベルアップをしたような気がするのですが」

『ほう。よかったな』

反応が薄い。僕は感動したけど、異世界の生物にとっては当たり前のことなのかもしれない。

「本当にレベルがアップしたのか確認する方法はありますか？」

『ステータスを確認すればよいではないか』

あるかもしれないと思っていたが、やはりあるのかステータス！

ステータスを知ることができれば、どんなことに才能を発揮できるかわかるかもしれない。

これって地球人にとっちゃめちゃくちゃオイシくね。

無駄な努力ショートカットしまくりやん。ひょっとすると、とんでもない特殊スキルを持っているかもしれないぞ。

もっとも、ステータスの内容次第ではお先真っ暗な気分になる可能性もあるけど。

「ステータスはどうやって見ればいいのですか？」

『ん？　それは……知らん。すまんな』

「知らない？　どうして？　ステータスという言葉は知っているのに！」

『自分のステータスをただ知るという行為などに興味はない。戦って相手より強いか弱いかだけだ。ただ、ステータスという言葉はかつて人間たちがよく使っていたぞ』

神級のモンスターに相応しい考え方だと思う。

けど、今はステータスを知る方法がないということが残念だ。

うなだれていると美夕さんに肩をポンポンと叩かれた。振り向くと顔がすぐ近くにある。

「ステータスの見方、知っているよ」

な、なんだって？

そういえば美夕さんとは、まだレベルアップの話をしていない。

「ステータスってゲームとかに出てくるアレだよね？」

「そう！　ゲームとかに出てくるアレだよ！」

意外だ。美夕さんもゲームするのか。

彼女だって女子高生なのだからゲームぐらいするか。

「んで、どうするの？」

「ダンジョンにいるなら、ステータス出てって心の中で思えば出てくるよ」

「そ、そんな簡単に？」

「うん。簡単だから私も気づいたの。やってみて。私もトオルくんのステータス知りたいな」

そ、それはなんとなく怖い。

美夕さんに人生の未来を暗示する超強力な通信簿を見られるようなものだ。

というか自分自身も見るのが怖いぞ。落ち着こう。

仮にどんなにダメな能力でも見たほうがいいに決まっているんだ。

もしダメでも、ダメなりに有効な対策がとれるのだから。

——ステータスオープン！

すると心の中にイメージとして数字や文字が浮かんでくる。

しかし、これは⁉

数値が高いのか低いのかわからない。

そもそも意味がわからない部分も何ヶ所かあった。

「どうだった？」

「紙とペンないかな」

「あ、書こうってことか。取ってくるね」

美夕さんが自分の部屋のほうに戻る。

もちろん、美夕さんにステータスを見られるのは怖いが、自分一人ではとても理解できそうにない。

彼女やシズクや巨狼さんにも見てもらって一緒に考えてもらうことにした。

美夕さんがペンと紙を二組持って戻ってきた。

「私も教えてあげるね」

と、美夕さんもステータスを書きはじめた。どうやら、美夕さんもステータスを見せてくれるらしい。

比較できる対象があるのも助かるけど、それよりも美夕さんがステータスという究極の個人情報を見せてくれることに嬉しさを感じる。どうして美夕さんはここまで僕によくしてくれるのだろう？

気にはなったが、今はステータスを書くことにした。

【名　前】鈴木透（スズキトオル）
【種　族】人間
【年　齢】１６
【職　業】管理人
【レベル】４／∞
【体　力】２３／２３
【魔　力】３６／３６
【攻撃力】１４
【防御力】３９
【筋　力】１４
【知　力】２５
【敏　捷】１６
【スキル】成長限界無し
　　　　　ゲート管理LV１／１０

心に浮かんだイメージを紙に書き写す。
しかし、書いてもやはり意味はわからなかった。
数値はそれほど高いようには思えないが、それはまだレベルが低いだけかもしれない。
重要なのは現在のステータスよりも潜在的な成長性だろう。
その意味では大当たりかもしれない。
なにしろレベルの分母が無限大なのだ。
成長限界無しというスキルが影響しているのだと思う。
「トオルくん、私も書けたよ」

美夕さんのステータスも書けたようだ。

自分のステータスを見せるのは恥ずかしいが、美夕さんのは正直見たい。

「交換する？」

「並べて見ようよ」

美夕さんは花の咲き乱れる野草の絨毯に、自分のステータスを書いた紙を置く。僕の紙も隣に置いた。

【名　前】美夕麗子（ミユウレイコ）
【種　族】人間・吸血鬼
【年　齢】１７
【職　業】斥候
【レベル】１／４９
【体　力】２０／２０
【魔　力】５９／５９
【攻撃力】１１
【防御力】２４２
【筋　力】１１
【知　力】６０（＋１０上昇中）
【敏　捷】６１
【スキル】無音歩行 LV １／１０
　　　　　敵感知 LV １／１０

ど、どういうことだ？

僕のステータスもおかしい気がしたが、美夕さんのステータスもおかしい気がする。

美夕さんが僕も変に思ったところを指で触れた。

「はじめてステータスを見た時に思ったんだ。私って吸血鬼なのかな……」

声が少し震えている。

そう。美夕さんの【種　族】には人間の他に吸血鬼とも書かれていた。

美夕さんもきっと僕にステータスを見せるのにはためらいがあったはずだ。

それでも僕を信頼して見せてくれたのだろう。

「いや、吸血鬼には見えないよ」

「でも……」

巨狼さんが顔を近づけてきた。

『ほう。珍しいな。吸血鬼の血がすこーし混じっているのだろう』

「え？　どういうこと？」

巨狼さんは日本語つまりモンスター語が読めるのか。

それより吸血鬼のことを知っているんだろうか。

『まだこの世界と日本の交流があった頃は、当たり前だが吸血鬼と日本人との交流もあったろうな。交配もできるし』

「というと美夕さんが吸血鬼というよりもご先祖様に吸血鬼がいたってこと？」

『そうだろう。先に人間と書いてあるではないか』

なるほど。少し安心した。

『レイコは血を吸いたくなったり、日光で火傷したりするか？』

「ないよ」

美夕さんが首を振る。

『ならなにも問題ないではないか』

「確かにそうね。でも……」

『レイコにしては歯切れが悪いな』

美夕さんが僕のほうに顔を向ける。なんだろう？

「吸血鬼なんてトオルくんに嫌われないかって……」

「えぇぇ！　別にそんなことないよ」

「なら吸血鬼でも構わないか」

美夕さんが髪をかき上げてニッコリと笑う。

笑顔がまぶしい。素顔はとても幽霊のようだったとは思えない。というか幽霊じゃなくて吸血鬼の血を引いているんだっけ。

まあ、吸血鬼のことはわかったし、問題もなさそうだ。他にも気になることがある。

「この突出した防御力や知力の上昇はなんだろう？」

『ふむ。防御力も知力の上昇も服の効果だろう』

服？　美夕さんの服を見る。

「制服にストッキング。ひょっとして」

いろいろあったから僕も美夕さんもまだ着替えていない。

『黒い靴下はストッキングというのか。脱いでみろ』

美夕さんがコクコクとうなずく。

「えぇ？」

美夕さんが靴を脱ぎ捨ててから、それからスカートの中に手を入れる。ストッキングを脱ぎはじめた。パンツが見えるわけではないが、妙にエロい。

「防御力が22になっている」

生足になると美夕さんが言った。

「なぬ？」

元々２４２だから黒ストッキングは防御力２２０もあったのか？

『防御力はレベルアップしても増やせない。つまり、その黒い靴下の数値だろう。知力の上昇効果は上着だな』

このペラペラのストッキングにそんな防御力が。

制服には知力上昇の効果があるのか。

ストッキングの後光のまぶしさで、後ろに下がると足になにかが当たってしまう。

どうやらハンバーガーと一緒に持ってきた午前ティーを足で倒してしまったようだ。紅茶が流れ出す。

するとの下草がニョキニョキと異様な速さで伸びて腰ほどの背丈になる。

「な、なんだこりゃ！」

『物やスキルは異なる世界に持っていくと特殊な効果を発揮する場合もあるのだ』

「黒ストッキングの防御力が高かったり、午前ティーが植物を成長させたりか」

『そうだ。異世界の物はアーティファクトとして珍重されている場合もあるぞ』

「そ、そうなんだ。アーティファクト」

午前ティーはともかくストッキングがアーティファクトとして珍重されるというのはどうも。

まあ、そんなことより自分のステータスを確認するか。

「僕のステータスも見て欲しいのですが。レベルの限界が無限なんだけど」

『ほう。珍しいな』

やっぱり、そうなのか。

「いくらでも成長できるなら！　最強のスキルだ！」

『まあ、そうとも言えんがな』

「え？」

『ははは。レベルは上がり難いぞ。最強になるには、そうだな』

なんだか暗雲が立ち込めてきた。

『最強になるには生きるか死ぬかの戦いを千年ほど毎日して経験を積むことだ』

そ、そんな。人間は千年も生きられない。

それに生きるか死ぬかの戦いを毎日していたらすぐに死んでしまう。

『まあレベルが上がりやすいモンスターもいるが、数は少ないし倒すのが難しいからレベルが上がりやすいのだ』

成長限界無しというスキルは超大器晩成型で、今のところ僕には宝の持ち腐れのようだ。

『むしろ気になるのはお前の職業のほうだ』

「え?」

巨狼さんが僕の職業である管理人を気にする。

『管理人、ゲート管理、まさかな』

「な、なにかあるんですか?」

『ひょっとすると』

「教えてください」

自分のステータスのことだ。とても気になる。

『この世界と日本の行き来を管理していた一族が管理人と呼ばれていたような』

「それってダンジョンの魔素を利用してこの世界と日本を行き来していたっていう?」

『そうだ。特別な力を持っていた』

特別な力……。本当だろうか。

「ステータスの数値はあんまり強そうじゃないですけど」

巨狼さんは目をつむって首を横に振った。

『いやわからん。さっきも言ったように我らモンスターはステータスのことには詳しくないのだ。やはりゲートの行き来を管理した一族とは違うかもな』

「そうですか」

ステータスの職業について詳しく知りたかったけど、これ以上のことはわかりそうになかった。

『レベルアップすれば、新しいスキルなども覚えていくだろう。そうすればわかることも増えるぞ』

「レベルアップできれば苦労はないんですが」

『ん？　何故、できんのだ？』

僕は自分の部屋から行けるダンジョンも美夕さんの部屋から行けるダンジョンも強力なモンスターがいて勝てそうにないことを話した。

『なるほどな。ならワシを連れて行け』

「えええ？」

連れて行けって神様の一種みたいな巨狼さんをか？

『ワシを連れて行ってこの辺の敵を狩れば一気にレベルが上がるぞ。瀕死にしてやるからトドメはお前がさせばいい』

「それって巻き込まれて死んだりしませんかね」

巨狼さんはこの階層でベヒーモスと戦ったとか言っていた。

フェンリルとかベヒーモスとか神話級のモンスターだ。

相手にされていなくても巻き込まれて死ぬことはあるんじゃないだろうか。

『確かに死ぬかもな。いやむしろ死ぬか。普通に死ぬな』

「そ、それは困りますよ」

『ならお前の部屋から行ける場所に行こう。オオムカデぐらいなら巻き込まれるような戦いなどにはならん』

「いや無理無理無理。ゲートを通れないですよ」

バスのような大きさの巨狼さんがあんなボロ寮にきたらすぐに崩壊するぞ。

「マーちゃんが女の子の姿になればいいよ」

急に美夕さんがおかしなことを言い出す。

「巨狼さんは男なんだから女の子の姿になんかなれるわけないよ」

『うん？』

「それにそろそろお風呂の時間が終わっちゃうよ。戻らないと」

スマホで時間を見ると午後九時三十分だった。こはる荘の風呂の時間は午後十時までと決められている。

『ほう風呂があるのか。ワシも入りたいな』

「無理ですって無理」

こはる荘を壊したら千春おばあちゃんに殺されてしまう。

とりあえず今日はお風呂に入るために解散しようという気になった。

巨狼さんが笑ったような気がしたが、僕は大して気にしなかった。

◆　◆　◆

「木野先輩いますか～？　よしよし、いないみたいだ」

廊下から浴場に呼びかけて、返事がないことを確認する。

時間はもうすぐ十時だった。お風呂の時間は十時までだ。

この時間にはやはり木野先輩もいなかった。

「もう先輩は入った後だろうから、二人で入れるね」

「はい！」

シズクとお風呂に入る。体を流してシズクと湯船に入る。

「やっぱりお風呂は最高だね」

「温かくて気持ちいいですね。後でご主人様の背中を流して差し上げますね」

シズクはもちろんスライム姿だ。お風呂に入る時は人間の女の子の姿にならないように教えた。

今日こそゆっくり入れる。

「んっ？」

曇りガラスになっている引き戸の向こうでなにか物音がする。

まさか木野先輩がこの時間にお風呂に入りにきたのか。

シズクを素早く自分の体の陰に隠す。

「せ、先輩、時間外ですよ」

自分のことを棚に上げて先輩を制止する。ガラリと引き戸が開いた。

「だ、誰だ⁉」

そこに立っていたのはスッポンポンの少女だった。

「誰かわからんか？」

誰かどころかなにもわからん。

何故、学生寮に少女がいるのだ。しかも、ここは男湯だぞ。

「仕方ないな。ほれほれ」

少女は振り返って背を見せてお尻を左右に動かした。

そこにはふさふさの尻尾が生えていた。

「そ、その尻尾、ひょっとして、巨狼さん⁉」

「ふふふ、お前はワシのことを男とか言っていたな」

僕が固まっていると巨狼さん、――もう狼の姿ではないので、そう言っていいかどうかはわからないが――、とにかく彼女がスタスタとお風呂に入ってきた。

「ちょ、ちょっと！　人に変身できたの？」

「ざっぷーん！　当たり前だろ。神だぞ」

彼女は自分でざっぷーんと効果音を声にしながら、僕とシズクがいる湯船に飛び込んだ。

一般家庭の湯船よりは大きいが、肌を触れあわせずに入るには端と端に入らなければならない。

彼女はもちろん湯船の真ん中に入っている。僕は湯船の端に小さくなるしかない。

「きょ、巨狼さん！」

「今は巨狼ではないぞ。マミマミと呼ぶことを許そう」

「マミマミって？」

「我が一族には固有の名前をつける習慣はないが、レイコが名づけたんだ。真神（マカミ）から〝カ〟を取ってマミ、重ねてマミマミ」

美夕さんはマーちゃんと呼んでいたが、そういう意味だったのか。

マミマミさんが湯船の端のほうで小さくなっている僕にジリジリと迫ってくる。

「マミマミさん」

「ん？　なんだ？」

湯気で全体像は見えないが狼耳が生えている。

怪しく笑った唇からは犬歯が見えていた。

「どうして近寄ってくるんですか？」

「お前に男と言われたからの〜。少しからかいたくなって」

湯船にもう後ろはない。マミマミさんの肩に手を置いて突っぱねた。

「なっ⁉」

マミマミさんは力を入れずにただ笑っているように見えるのに、まったく突き放せない。

まるでゆっくりと迫ってくる山を手で押し留めているようだ。

やはり、神の一族に人間が勝てるすべはないのか。その時、電流が走る。

「シズク！　マミマミさんをスキャンだ！」

「はい！」

「ん？　スキャン？　わわわ、なんだ？」

シズクが水中からマミマミさんの体に這い上がって広がる。

「や、やめ……、くすぐったい。あはははは、はっ。あっ、いや、やめて」

マミマミさんは浜に打ち上げられた魚のように、シズクの水着を着て浴槽のへりに引っかかっていた。

「暴れたら水着シズクに、そのまま襲わせますよ」

「ま、まさか。このワシがやられるとは。神代から一度も負けたことがなかったのに……」

「お風呂に入るなら大人しくしてください」

「は、はーい。くしゅんっ」

マミマミさんは冷えたのかズルズルと湯船の中に体を入れて大人しく浸かっている。

はぁ。危なかった。湯船から出て体を洗おうとシャワーの前に座る。頭から洗おうかな。

バスチェアに座ってシャンプーを使って髪を泡立てようとする。

「げっ」

鏡でマミマミさんが真後ろに立っていることに気づく。

「ワシを倒した褒美に頭を洗ってやろう」

「えええ！　いいっていいって」

「遠慮すんなって。ほれ」

う。シズクに頭を洗って貰うのも気持ちいいが、なんと繊細な指使い。

気持ちいい。しかし、僕は既に前かがみになっていた。

これじゃあ昨日と同じだ。全然ゆっくり入れない。

◆　◆　◆

マミマミさんは風呂から出た後、シズクの服を着て僕の部屋にきてしまった。

「どうして僕の部屋にくるんですか？」

「レイコの部屋は飽きたからの」

「美夕さんの部屋にも上がっていたの？」

「ああ、たまに」

こはる荘はマジでどうなっているんだ。

神様がくつろいでいたのかよ。

「仕方ない。しばらく遊んだら美夕さんの部屋から帰ってくださいね」

「わかったわかった。お、これゲームだろ？」

マミマミさんが携帯ゲームをしはじめた。本当にこれ、神様なんだろうか。

ネットで調べてみることにした。検索エンジンに真神と打ち込む。

うわ、ホントだ。祀っている神社まであるみたいだぞ。

「この、このっ！」

狼耳と尻尾はあるが、ゲームをしている姿はとても神様には見えない。

美夕さんに回収してもらうか。

「シズク、ちょっと美夕さんを呼んでくるからマミマミさんとここにいてね」

「はーい！」

シズクが服の姿のまま返事をする。

シズクは賢いからマミマミさんを監視していてくれという意図も伝わっただろう。

とりあえず安心して自分の部屋を出る。

美夕さんの部屋の前に着いた。

軽くノックをしても部屋の中から反応がない。

もう一度ノックする。やはりない。

ドアノブをひねると鍵がかかっていた。

「え？」

まだお風呂に入っているんだろうか。

こっちは騒動もあったからずいぶん時間がかかってしまったし、それはないと思うんだが。

もう一度、強めにノックした。

「美夕さん！」

「ちょっと鈴木くん！」

女の人の声に振り向くとパジャマ姿の会長が立っていた。

「こんな時間にレイちゃんになんの用？」

「あ、いや、その。そ、そう。ノートを借りる約束をしていて。同じクラスじゃないですか」

「明日にしなさいよ。非常識よ」

「そ、そうですよね。さいなら！」

会長の雷が落ちる前に逃げ出した。

部屋に戻る。

マミマミさんは大人しくゲームをしていた。

「マミマミさん、美夕さんがいないんだけど何処に行ったの？」

「ん？　寝ているんだろ」

「な、なんだって？」

「レイコは風呂に入るとすぐ泥のように寝てしまうからな」

ということはさっきノックしていた時も美夕さんは部屋で寝ていたのか？

「レイコは一旦寝るとかなりの物音を立てても起きんぞ」

なら、美夕さんを起こすことはできないぞ。

アレ以上、大きな音を出したら確実に会長が出てくる。

そうなると。

「ちょ、ちょっと待って。ならマミマミさんは何処で寝るんですか？」

「今日はここで寝かせてもらうしかないな」

「そうなるのね……」

とりあえず着替えてもらうか。

「いつまでもシズクを着てないで僕の服を着てくださいよ」

「ほう。ならお前の服を見せてみろ。オシャレな服があるんだろうな」

「え？　それは……」

押し入れの中の衣装ＢＯＸをあさる。

学生服、寝巻、パーカー、ジーンズ、Ｔシャツ、ジャージ。

まったく自信がない。とにかく見せてみるか。

「お、カッコいい服があるではないか。これに着替えることにしよう。シズクとやら元に戻ってくれ」

どうやら気に入ってくれた服があったようだ。

紳士の僕は後ろを向く。

「着替えたぞ。似合うか」

振り向くとダブダブのＹシャツを一枚着た狼耳の少女がいた。

わかってやがる！

「よくわかって……いや、とてもお似合いです」

布団が一組しかないのはどうしよう。

第四章　異世界ダンジョン大冒険！

鈴木透（スズキトオル）。その名が示す通り、僕はごく普通の高校生だと思う。

最近は変な事件に巻き込まれてはいるけど、普通の高校の普通の教室で普通の英語の授業を受けている。

ただし、クラスに友達が一人もいない！

休み時間になった。僕はすぐに寝たフリをする。

そしてクラスメイトの会話に聞き耳を立てていた。

——なにか友達になれる突破口がないかと！

別に嫌われている様子はない。

ただただ、間が悪いのだ。

なにかチャンスがあれば。

「よう佐藤！」

「あ、赤原くん」

この声は赤原くんと佐藤さんか。

僕の席の左斜め前の佐藤さんの席には赤原くんがよくくる。

「赤原くんは明日からの土日何処か行くの？」

「月曜に体力テストがあるだろ。それに備えるかな」

「体力テストか～。嫌だなあ。私、運動が苦手だからさ」

「俺は筋力には自信あるからな。握力とかハンドボール投げですげえところ見せてやるよ」

「嘘ぉ。赤原くん、あんまり力がありそうに見えないけどぉ」

「あ～疑っているのかよ、佐藤」

「ううん。驚かされるの期待しているよ」

昼間から見せつけられた。顔を伏せているから見てはいない。聞いているだけだけどさ。

こちとら友達さえいないのに二人は友達以上恋人未満って感じだった。

それなのに僕は、どうして高校生らしい青春からどんどん遠ざかっていくのだ。

だが、二人からヒントは得た。やはり、体力テストだ。見ていろ～クラスのみんなをあっと驚かせてやる！

◆　◆　◆

「ただいま〜」

「おかえりなさいませ。ご主人様！」

「おお、帰ったか……ウノ！」

狼耳と尻尾で未だにダブシャツの少女と白いスライムはウノをしていた。

僕は二人がウノをしている和室に上がって鍵を持ったままふすまを開ける。

出てきたのは冷たい石壁と鉄のドアだ。

「よし！」

美夕さんの言う通りだ。鍵を持っているとふすまの中はダンジョンのゲートになる。

「ダンジョンに行きましょう」

「ダンジョン？　どうして？」

マミマミさんがどうしてダンジョンに行くのかと聞いてきた。

シズクも言わないが、どうしてという顔をしている。

「レベルアップのためですよ」

マミマミさんの強さは神話級なのだ。オオムカデごとき話にもならないだろう。

ダンジョンを探索するなら彼女がいる今をおいて他にない。

「あ〜レベルアップか。自分の能力を知りたいんだな」

マミマミさんはレベルアップすると【職　業】管理人の能力も次第にわかっていくかもしれな

いと教えてくれた。

　本当の理由は体力テストだが。

「は、はい」

「でも、お前。今日は少し寝たほうがよくないか？　目の下のクマがすごいぞ」

「誰のせいでそうなったと思っているんですか」

「？」

　昨晩は結局一組しかない布団で寝た。

　マミマミさんはYシャツ一枚しか着ていないから、いろんなものがこぼれたり、めくれたり、足が飛んできたり、尻尾が生えているお尻で押されたりと、まったく寝られなかったのだ。

「とにかくダンジョンに行きましょう！」

　僕がそう言うとシズクはウノをやめてくれたが、マミマミさんは続けたいようだ。

「トオルも入って三人でウノを少しやってから行こうではないか」

　まあ、こんなこともあろうかと説得する方法も考えている。

「マミマミさんは昨日、こはる荘の食費にダメージを与えたと反省していましたよね」

「うっ」

「真神族として恩を返さねば、とも言っていましたよ」

「うぅ。わかったよう」

マミマミさんの真神族としてのプライドをくすぐればざっとこんなもんだ。

「んじゃあ、美夕さんを呼んでこようかな」

ダンジョンを探索するなら美夕さんもきたいだろう。

「私、美夕様を呼びに行ってきましょうか？　ご主人様はご準備をなさっていてください」

シズクがとんでもないことを言い出す。

「あ、ありがたいけど、会長や木野先輩に見つかったら」

するとシズクは体の形を人型に変えていく。

ぼ、僕？　シズクは僕の姿になった。

「これで大丈夫ですね」

「な、なるほど」

「行ってきます」

シズクは僕に変身して美夕さんを呼びに行った。

短い距離だ。シズクなら大丈夫だろう。

問題はこっちだ。

「マミマミさん。パンツぐらい穿いてください」

「別にいらないだろう」

「こっちがいるんですって。動き回るんだからいろいろ見えちゃうでしょ」

金属バットや懐中電灯を整備しながら説得する。

「でも男物のパンツしかないだろ？」

「そのYシャツだって男物だよ」

「なんだ？　ワシにお前のパンツをそんなに穿かせたいのか？」

「！」

い、言われてみれば。

「ひょっとして自分のパンツをワシに穿かせて、また自分で穿く気か～ん～？」

マミマミさんが後ろを向いてパンツを穿く演技をする。

少女の姿なのに妙に色っぽい。本当は何千歳だからか。

その時、僕の姿のシズクが帰ってくる。だが、美夕さんはいない。

「あ、あれ？　美夕さんは？」

「美夕様は今日はダンジョンには行かれないそうです」

「そ、そう」

どうしたんだろう？　なにか用事でもあるのだろうか。

「代わりに美夕様からこれを預かってきました」

僕に変身したシズクはポケットから一枚のパンツを取り出した。

白地にゴムの真ん中のところだけ黒いリボンのパンツ。

美夕さんのだろう。

「マミマミ様にお届けしろと」

「チェ〜」

マミマミさんが不満そうだ。さすが美夕さんだ。

「シズク、穿かせろ」

「はい！」

裸Yシャツのマミマミさんに、僕の姿のシズクがパンツを穿かせるのはかなり変な光景だった。

「シズクはまぎらわしいから僕の姿はやめよう」

「では心音ミルさんの姿になりますね！」

「いいね！」

シズクが心音ミルの姿になる。

「よし、みんな！　ダンジョンに行くぜ！」

「おー！」

「お〜……」

マミマミさんがローテンションだ。アメも与えるか。

ダンジョンの鉄のドアを開けながら伝える。

「考えたんだけどさ。ダンジョンに美味しいモンスターっていないんですか？」

僕の部屋とつながっているダンジョンは美夕さんの部屋とつながっているダンジョンと違って真っ暗だった。

懐中電灯を照らしながらマミマミさんに話しかける。

「どういうことだ？」

「美味しいモンスターを狩ってくれれば僕が料理しますよ」

「なに？」

「食材代かからないから。料理しますよ」

調味料代ぐらいなら、まあ寮費から出ても……。

「豚肉や牛肉に近い肉のモンスターならハンバーグやハンバーガーが作れるかも」

「それを先に言え！」

マミマミさんもようやくやる気になってくれたようだ。

「しかし、薄暗いダンジョンだな。ワシの真神の間とはえらい違いだ」

「だから懐中電灯を」

早くもマミマミさんが文句を言い出したかと思ったら。

「どれ。メガトーチ」

マミマミさんがなにか言うとダンジョン内が全体的に明るくなる。

まるで白熱灯のような暖色の光にダンジョン内が照らされる。

「な、なにこれ？」

「魔法に決まってるではないか」

「ま、まほー⁉」

「神とも呼ばれるワシがこの程度の魔法もできないと思ったのか？」

「い、いや。そうじゃなくて。まさか魔法なんてあると思わなくて。いや、あるとは思っていたけど、実際に見ると……」

ひょっとして僕もできるようになるのか。

「今度、教えてやる」

「マジですか⁉」

「まあまあ今は食える魔物を狩ろう」

た、確かに今はレベルアップが先だ。体力テストは近い。

「そ、そうですね。今は魔物を狩りましょう」

魔法の灯りのおかげですぐにダンジョンの奥につながる扉の前に到着した。

「じゃあ押しますね」

「早く押せ」

「いや開けた瞬間モンスターがうわーってくるかもしれませんよ」

「大丈夫、大丈夫」

ホントかな。

だが彼女には確かに神の力の片鱗を感じさせる時がある。

よ、よーし。鉄の扉を開閉するボタンを押した。音を立てながら扉が上がっていく。

「げっ」

シズクの言った通りだった。

扉が開ききると何体ものオオムカデが待ち構えていた。匂いに寄ってきていたのかもしれない。

どれも人間を優に超える大きさだ。

「やばい！」

扉を閉めるためにボタンをもう一度押そうとする。

その手をマミマミさんに摑まれる。

「おいおい。せっかく開いた扉を閉めることもないだろ？」

「そ、そんなこと言っている場合じゃ」

オオムカデがこちらのほうを向く。

そして無数の足を動かしながらこちらに向かってくる。

「き、きたー！」

もう扉を閉めても間にあわない。

「部屋まで逃げるぞ。早く！」

ところがマミマミさんは胸をはって、まるで散歩でもするようにオオムカデのほうに歩く。

「ちょ、アホかー！」

「アホ？　だーれがアホだ！」

「マミマミさんがアホ……え？」

オオムカデたちの頭が胴体からポトリポトリと落ちはじめる。

「え、えええ？」

結局、すべてのオオムカデの頭が地面に転がり、でかい胴体も動かなくなってしまった。

「ムカデも不味くはないが、それほどは美味くないんだよな」

「マミマミさんがやったの？」

「そうだ」

マミマミさんが笑いながら中指から刀のような大きさの爪を伸ばす。

「伸縮自在だ。見えなかったのか」

全然、見えなかった。強い。

ゲームの初期、パーティーメンバーが弱い間、味方になってくれるつよーいお助けキャラのようだ。

ん？　オオムカデを倒してもレベルが上がった感じがまったくしないぞ。

「あ、あの～マミマミさん。僕、レベルアップした気がしないんですが」

「そりゃ、お前、戦ってないからじゃないか。オオムカデを倒したのもワシだし」

ゲームで例えるならパーティーメンバーに経験値が振り分けられないタイプのゲームだったか。

そりゃそうだよな。そっちのほうが現実に存在する世界っぽいし。

「僕、レベル上げたいんですけど」

「ならモンスターを倒すのが手っ取り早いぞ」

「あんなモンスターを倒せるわけがない。そうだ。もっと弱いモンスターを探そう」

いたぞ。キノコのモンスターだ。背丈も股下ぐらい。

動きも速くない。防御力も低そうだ。

僕のレベルでも金属バットでいけるのではないだろうか。

「え？」

さあ攻撃しようと思ったらキノコが縦にスライスされてしまう。

「お！　青スライムだ！」

懐かしの青スライム。

今度こそやるぞ……と思ったら、スライムはケーキのように八等分にカットされてしまった。

「ちょ、ちょっと。全然僕は倒せないんだけど」

「別にワシが倒してもいいじゃないか。キノコは食えるのかな」

「よくない。僕はレベル上げにここにきたんですよ」

「そうだったっけ？　食材集めかと思っていたぞ」

マミマミさんが僕とシズクの後ろに下がる。

「じゃあ、お前がやれ。どうぞ」

すると、ちょうど前方から無数の足を持つ巨大なムカデがやってきた。

「キャッ。ご主人様」

心音ミル姿のシズクの手を取って、二人でマミマミさんの後ろに回る。

「オオムカデなんか無理だって。死んじゃうよ」

「レベルを上げたいんだろ？　モンスターを倒さんと上がらんぞ」

近寄ってきたオオムカデの頭が落ちる。

マミマミさんは話しながら攻撃していた。

「お化けキノコとか青スライムとかにして」

「そんなに強さは変わらんぞ」

「変わりますって」

マミマミさんは本当に強い。既にモンスターの死骸が足元に山と積まれている。

しかし、強すぎるマミマミさんにとってはオオムカデも青スライムも強さの違いを感じられないようだ。

初心者パーティーのお助けキャラとして向いているか疑問に思えてきた。

「では確認するぞ。オオムカデが無理で、お化けキノコと青スライムは倒せる。それでいいか？」

「はい。それでいいです」

話しているとダンジョンの通路の陰から熊のような大きさのネズミが現れる。

「これはどっちだ？」

「これは無理なほううううううううう」

◆　◆　◆

「ほとんどのモンスターが無理なんだな」

「ええ。その理解であっています」

マミマミさんとのディスコミュニケーションっぷりはひどかったが、段々と慣れてきた。

今はお化けバッタ、お化けキノコ、青スライムとは戦うことができ、それ以外の敵はすべて任せることができている。

「あ、ご主人様、左の通路にお化けキノコが！」

シズクが指差す。

「ホントだ。えいえい！」

お化けキノコを倒す。

もうお化けバッタや青スライムとあわせて二十匹ぐらい倒した。

そして、この体から力が溢れ出るような感覚。

間違いない。ついにレベルアップだ！

【名　前】鈴木透（スズキトオル）
【種　族】人間
【年　齢】１６
【職　業】管理人
【レベル】５／∞
【体　力】２６／２６
【魔　力】３９／３９
【攻撃力】１２５
【防御力】３９
【筋　力】１５
【知　力】２６
【敏　捷】１７
【スキル】成長限界無し
　　　　　ゲート管理LV１／１０

上がっている。上がっているぞ。レベルが1。それにあわせてステータスも。

握力にしてまた4キロ上がったことになる。レベル1の時から比べたら握力が16キロも上がっている。

しかし……。

「レベルが上がり難くなったような？」

確かレベル1からレベル2に上がった時は青スライム一匹で上がったと思ったけど。

「レベルは加速度的に上がり難くなるぞ」

マミマミさんが教えてくれた。

「そうなのか。薄々、感じてはいたけど」

まあ、現状のレベル5の段階で計算上握力56キロにもなる。

男子高校生の握力の平均が40キロほどだというのはネットで調べてある。

なら学年に力が強いヤツが揃っていたとしても、レベルを2ぐらい上げれば、握力だけなら貼り出されるんじゃないだろうか。

余裕と安全マージンを考えても、後4〜5ぐらい上げれば十分だろう。

「いけるんじゃないか。明日からは土日だ。時間は十分にある」

僕は満足してもう一度ステータスを見てみる。

「ん？　ってか【攻撃力】１２５!?」

「どうした？」

おかしいぞ。確かレベル4の時は【攻撃力】14しかなかったはずだが。

リアル握力に連動している【筋　力】ばかり見ていた。

ひょっとして。金属バットを地面に置いて、もう一度ステータスをチェックする。

【攻撃力】15！

つまり金属バットは……。

「こ、この金属バット、攻撃力が110もありますよ」

「昨日、別世界の物はアーティファクトとして珍重されている場合もあると言ったろう」

そ、そういうもんなんだ。

「それだけ攻撃力あるならオオムカデやオオネズミも倒せるんじゃないか？」

「無理無理無理、無理ですよ。仮に倒せたとしても、先に一回攻撃くらったら重症になってしまいますよ」

「そうだなあ。ワシも段々思い出してきたけど、オオムカデは毒も持ってた気がするしの」

「ど、毒あるのかよ。やっぱり危険だな」

とりあえずだ。

放課後の冒険はこんなものにしとくか。

学生寮の夕飯を用意しなくてはならない。

「じゃあ、僕は夕食を用意しなくてはいけないので、夕飯前の冒険はこれぐらいにしましょう」

「もうやめるのか～？」

「はい」

「じゃあ食材を持っていけ」

う、忘れていた。マミマミさんのご飯も作ると約束してたのだ。

青スライム、お化けキノコ、お化けバッタ、オオネズミにオオムカデ。

こんなもの食材って言えるだろうか。まあオオネズミは食べられるかもしれない。

肉そのものに毒がある哺乳類なんて聞いたことがないしな。

「ではオオネズミの肉だけ持って帰りますか。爪の斬撃で食べる肉っぽい形にできますかね？

僕もできるとは思うんですが、ちょっと慣れていなくて」

料理はできても、生きていた動物から肉を切り出したことなどない。

無駄が出ることに目をつむれば、できるとは思うけど、あまりやりたくはない。

「わかった。毒鑑定スキルも持っているから切り出した食材を鑑定してやろう」

「そんなのあるの？　さすが異世界だなあ」

とりあえず食中毒で死ぬ心配はなさそうだ。

「じゃあ持ち帰ってゆっくり捌こう」

マミマミさんは片手で軽々と熊のような大きさのオオネズミを持ち上げる。

やはり神様の一族なのかもしれない。

開閉式の鉄の扉の前に着く。

「解体はここでしていってくれませんか？」

「なんで？」

「せっかく鉄の扉でモンスターを遮断できるなら、この内側は僕の第二の部屋にしようと思って。

モンスターの解体は外でやってもらえると助かります」

「なるほど。賢いな。ゲームとか漫画を置こう。異世界の娯楽は最高だからな」

そうそう。そういうことだ。

ベッドやソファーを置いてもいいかもしれない。

「なら扉の部屋の外で解体するよ」

「ありがとうございます。シズクも一緒に待っていてくれるかな？」

「はい！」

二人を残して僕の部屋に戻った。

いつもより早めにキッチンに向かう。

洗濯籠を持った会長に鉢あわせる。

「あら、鈴木くん。今日は早いのね」

「あははは。会長に怒られたばかりですから」

「感心感心。アナタのおばあ様によろしくねと頼まれたけど、なんの心配もないわね」

寮生で三年の会長にも僕のことを頼んでおいてくれたんだろう。

「昔の人は礼儀正しくていいわね」

千春おばあちゃんは寮の仕事を事細かにノートに書いてくれていたし、家事などは昔からしていたので困ることはなかった。

それに千春おばあちゃんは学園の理事長とも昔からの知り合いらしいから、困ったことがあったら相談していいとも言われている。

「レイちゃんもキノコも頼まれたらしくてね」

「あ～」

「レイちゃんは大変なことを頼まれちゃったってアナタの写真をもらっていたわよ」

「えええ？」

「うん。わざわざ、千春おばあ様からもらったみたい。真面目な子ねえ」

僕は学生寮の管理人でもあるけど、寮生でもある。

おばあちゃんが先輩の寮生たちに孫をよろしくと言うのは普通だろう。

しかし、写真まで受け取るというのは少し行きすぎではないだろうか。

美夕さんはとても親切にしてくれるからありがたくはあるんだけど。

「あ～後、これは夕食時に話すわ」

会長は自分の部屋のほうに歩いていった。なんだろう？

キッチンに入ると木野先輩はもうきていて難しい顔でキノコの下処理をしていた。

「木野先輩」

「あ～鈴木氏」

「そのキノコ、なんですか？」

今日のキノコはまったく見たことがないキノコだった。

「ただのマッシュルームだよ。でも大きいだろ」

「マッシュルーム？　マッシュルームってもっと小さいじゃないですか」

「日本では小さいサイズで出荷しているだけなんだ。成長するとこんなに大きくなるんだよ」

「ところで先輩は毎回キノコ料理をふるまってくれますけど、何処でそんないろいろなキノコを買ってくださっているんですか？」

こんな大きなマッシュルームは見たことがない。

立川はウドが特産品だったりする。東京とはいえ、農家も少しあるので、農家から直接買っているのだろうか。

「あ、いや、その。しょ、小生の実家は農家でね。キノコも栽培しているんだ」

「そうなんですね。いつもありがとうございます」

夕食作りも慣れてきて木野先輩と話しながらでも手早く作れるようになってきた。

揚げ出し茄子に鮭のムニエル、海藻サラダ……完成！

木野先輩の目を盗みながら、マミマミさん用の食事の調味料や調理器具も用意する。

「よし！　バッチリだ！」

食堂のテーブルに食事を並べている頃会長がやってきた。

「今日も美味しそうね」

健啖家の会長は満足そうに席に座った。

しかし、美夕さんはなかなかやってこなかった。

夕食の時間は午後七時三十分と決まっていて、まだ少し時間があるとはいえ、そこは育ちざかりの高校生だ。並んだ食事を早く食べたいだろう。

「レイちゃん、遅いわね」

会長のつぶやきに、僕が呼んできましょうかと席を立とうとした時、美夕さんはやってきた。

「遅かったわね。レイちゃん、ひょっとして体調でも悪いの？」

会長が美夕さんに体調について聞いた。僕も少し気になっている。

美夕さんはダンジョンの探索に参加しなかったからだ。

フルフルと首を横に振る美夕さん。別に体調に異常はないようだ。

それならなにか用事があったんだろう。

「そう。よかった。ならいただきましょうか」

「いただきま～す」

会長の合図で夕食を食べはじめる。

「鈴木氏～。揚げ出し茄子、本当に美味いよ」

「あははは。そうですか。先輩のマッシュルームのソテーもキノコの味が濃厚で美味しいですね～」

「ホント、鈴木くんの料理は美味しいわ〜」

木野先輩と料理を褒めあって、会長の機嫌がいいとそれに乗ってくれるのが、恒例になっている。

「ところで今度の日曜日なんだけどみんな空いている？」

会長が僕らに予定を聞いてきた。

僕はリアルレベル上げがあるが……。

「私がアルバイトしているカラオケ屋のアルバイトの特典で」

「え？　会長アルバイトしているんですか？」

会長の実家は超お金持ちで令嬢だと聞いている。

アルバイトなんてする必要があるんだろうか。

「庶民を学ぶ勉強の一環としてアルバイトしているのよ。悪い？」

やばい。せっかくご機嫌なのに。

「いえ、お金持ちなのにと思って。立派です」

まあ僕も働いているようなもんだけど。

「もう、話の腰を折らないで。でね、長くアルバイトしていた特典でカラオケをタダで楽しめるの」

「なるほど。そんな特典もあるんですね」

今はアルバイトを確保するのも大変みたいだからなあ。

「そこで日曜日、鈴木くんの歓迎会を兼ねてこはる荘のみんなでカラオケに行かない？」

そういうことか。

レベル上げもしたいけど、明日の土曜日に頑張れば目標になんとか届くかな。

それにせっかく会長が歓迎会を開いてくれて、みんなも乗り気なのだ。

「ありがとうございます！　楽しみです！」

もちろん笑顔でカラオケでの歓迎会を企画してくれたことやそれに参加してくれるみんなにお礼を言う。

レベル上げだってしたいけど、カラオケだって楽しみだ。

その時、美夕さんが会長のほうを向いた。

「え？　レイちゃんは行けないかもしれないの？　用事あるの？」

どうも美夕さんと会長が話しているようだ。

会長は耳がいいのか、美夕さんと普通に会話できる。

美夕さんは行けないいんだろうか。

「用事はない？　なら行こうよ」

おかしいな。美夕さんはクラスメイトとカラオケに行ったと聞いた。

歌も上手いという噂だ。

用事もないなら、どうして行かないんだろうか？

「行きたいけど行けない？　言ってることがよくわからないわ」

会長の機嫌が悪くなってくる。

「いいじゃないですか。会長がカラオケに誘ってくれるなんて嬉しいなあ」

「そ、そう？」

「明後日の日曜日が楽しみです。嬉しいなあ」

「ふふふ。私も千春おばあ様からアナタのこと頼まれているからね。それぐらいしてあげるわよ」

会長と会話していると、美夕さんがご馳走様（僕もそれぐらいわかるようになった）をして席を立つ。

僕らも、しばらくしてから席を立った。

そして会長と木野先輩が食堂から出ていく。

僕は調理器具や調味料や野菜を持って美夕さんの部屋に行く。

会長が廊下にいないことを確認して美夕さんの部屋を小さくノックする。

「美夕さん。美夕さん」

美夕さんの部屋のドアがガチャリと開いた。

表情が見えないほど長い髪がかかっている頭が出てくる。

少し前の僕だったら驚いていただろうけど、もう慣れた。

「マミマミさんとシズクのご飯なんだけど、森でＢＢＱをしてあげようかと思って。二人を呼んでくるので器材を置いてもらっていいですか？」

美夕さんがコクコクとうなずく。

ダンジョンの探索にもこなかったし、カラオケにも何故かこないようだけど、嫌がる様子もない。

ちょっと気になるけど、マミマミさんがお腹を減らしていると思う。

話は後で聞くことにしよう。

◆

◆

◆

「神聖なる真神の間をＢＢＱとやらの会場にしおって」

「やめますか？　肉は食べられなくなってしまいますけど」

「ぐぬうううう」

マミマミさんに切り出してもらった石壁のブロックをかまどにして森の枯れ木に火をつけた。

寮のキッチンで一番大きなフライパンをその上に置く。

十分に熱してからスーパーで牛肉を買った時にゲットしておいた和牛の脂をしく。

「いい匂いがするぞ～」

「はい！」

マミマミさんとシズクが興奮している。

ふふふ。当たり前だ。脂だけは日本が誇る和牛だからな。

よく筋切りして塩コショウをしておいたオオネズミの肉の塊を投下するとジューッといい音が立った。

香りも悪くないし、肉汁も豊富だ。案外オオネズミの肉は悪くないのではないか。肉汁を使えば美味しいソースができそうだ。

「第一弾できたよ～」

「おおおおおおお」

「うわあああああ！」

中がレアであることを見せるために作ってもらった木の皿兼まな板の上に豪快に盛りつける。

我ながら表面の焼き色と中のルビー色のコントラストがなんとも美味しそうだ。

「さあ、どうぞ」

「いただきます！」

いただきますを言ったのはシズクだけだ。

マミマミさんは肉をフォークで刺して既にガツガツと食べていた。

「美味い！　すごく美味いぞ！」

「ホント美味しいです！」

そんなに美味いと言ってくれるなら作った甲斐が……って。

もうなくなりそうだ。２キロはありそうな肉の塊だったのに。

「もっと作ってくれ！　早く、早く！」

「私ももう少し食べたいです！」

そんなに言うなら、このフライパンギリギリの大きさで分厚い肉にしてやる。今度の肉の塊は5キロを下るまい。

「早く、早く！」

豪快に肉を焼いては切る。

「できたよ」

第二弾が完成した。またマミマミさんとシズクがステーキを食べはじめた。

さすがに5キロの肉はマミマミさんでもすぐには食べられない。

それにマミマミさんのペースは落ちないが、シズクはお腹一杯になったようだ。

どうせ肉は余っている。また、お代わりと言われる前に作っておくか。

少し余裕を感じながら第三弾の肉の下処理をしていると、急にマミマミさんが、Ｙシャツとパンツを脱ぎはじめる。

「ええい。面倒だ！」

「な？　ちょ、ちょっと」

目を覆った手の指の間からマミマミさんを見ると白いお腹がポコッと少し膨れている。

少女があんなに食べたらね……。マミマミさんは次第に大きくなっていく。巨狼の姿に戻るのか。

『レイコ、肉を口に投げてくれ』

木の切り株に座ってなにか考え事をしていたような美夕さんが立ち上がる。

美夕さんは巨狼に戻ったマミマミさんの口にポンポンとステーキ肉を入れていく。

そりゃ反則だ。また急いで肉を焼かなければならない。


『少しは食ったな』

少しだって？　20キロぐらい焼かされたぞ。次はフライパンじゃ無理だな。ＢＢＱ用の大きな鉄板を買っとくか。

オオネズミの肉は少し食べてみたが、結構美味しかった。野趣あふれる風味のいい肉という感じだろうか。

ちなみに自分の分はよーく焼いてウェルダンにした。

『ところでレイコは何処に行った？』

美夕さんは長い食事の途中でお風呂に行ってしまった。

「お風呂に行きましたよ。お風呂の時間は決まっているから」

肉を口に放り投げる仕事は、途中から美夕さんから心音ミル姿のシズクに代わっていた。

『ワシも風呂に入ろうかなあ』

「えー？　マミマミさんは寮生じゃないんですよ。お風呂を毎日使うのは」

それにまた僕がいる時に入ってくるつもりじゃないだろうな。

『今度は最初から水着を着て入ってやるから』

やっぱり、そうなのかよ。まあいいか。

僕は小さな声でシズクに言う。

「あのさ。昨日、話したスクール水着になれる？」

「はい！　あの薄い本に描いてあった可愛いやつですね！」

シズクはよくわかっていた。

◆　◆　◆

「いや〜いい湯だな〜」

狼耳と尻尾が生えた美少女がスクール水着を着てお風呂に入っている。

「今日は特別ですよ」

「昨日も入ったではないか。なんとかならんのか」

「そう言われてもなあ」

でも確かに体も洗えないのは可哀想かもしれない。一応、女の子だし。

どうしたらいいのか。

「ヨーミのダンジョンにも水浴びできる場所はあるんだが、真神の間からはちょっと遠くてな～」

あるのかよ。

なら、そっちでなんとかして欲しい。

「まあワガママばかり言ってないで、お前のレベルアップにもつきあってやるかな」

「え？」

意外な申し出だ。

「あんなに美味い飯を食わせてくれて、こうして風呂にも入れてくれたんだしの。真神族はちゃんと恩を返すんだ」

本音を言えば、一緒にお風呂に入ってくれるだけで、かなり恩を返してもらっているんだけど、さらに恩を返してくれるというならありがたい。

明後日の日曜日はカラオケがあるから一日レベル上げすることはできない。

けれど明日は土曜日で学校もない。少しぐらい夜更かししてもいいだろう。

「じゃあ、お風呂から出たらダンジョンに行きましょう！」

「今から行くのか?」

「寝る前にちょっと」

「仕方ないの。その代わりシャンプーとやらを使ってワシの頭を洗っておくれ」

「えええ?」

マミマミさんがザパーと音を立てて湯船から出て、シャワーの前の椅子にどっかりと座った。

狼耳少女の頭を洗うのか。

しかし、これはこれで悪くないかも……。

「さあ早くしろ」

「は、はい」

シャンプー液を狼耳がピンと立つ頭にかける。

「目を閉じていてくださいね」

「おう」

泡立てるために少しだけシャワーのお湯もかける。

「優しくするんだぞ」

「え、えぇ」

マミマミさんの頭が少しずつ泡立っていく。

「昨日は石鹸で洗ってしまったんだがな。お前やレイコのを見て気持ちよさそうだと思っていた

のだ

「どうですか？」

「いいの〜とっても気持ちいいぞ〜お前上手いな〜」

「お褒めに預かりまして光栄です」

洗ってもらうのもよかったが、洗うのも……悪くないッ！

「ひゃっひゃう！」

「！？？？」

「こ、こらっ！　耳は敏感なんだぞ！　優しく優しーくするんだ」

見た目は少女、行動は子供、でも今の仕草は女の子っぽい……。

「ご、ごめん」

「うん、いいよ」

もう恩はお釣りがくるほど返してもらっている。

お風呂から出て、ダンジョンに向かう準備をする。

「よーし！　ダンジョン探索を再開するか！」

「「お〜！」」

僕の掛け声に、心音ミル姿のシズクと裸Yシャツとその下にパンツの狼耳のマミマミさんが応えてくれる。

士気も高い！　明日は学校が休みの土曜日だし、少しぐらい夜更かししてもいいだろう。

体力テストがある月曜日までに、それなりにレベルを上げることができるだろう。

◆　◆　◆

「あの、それ……お化けキノコです」

「あら？　すまん、すまん」

ダンジョンでお化けキノコを倒したマミマミさんがまたテヘペロをしている。

モンスターは一向に上手く狩れなかった。

僕が狩れるのは、青スライムとお化けバッタ、お化けキノコになる。オオネズミやオオムカデは強すぎるのでマミマミさんに任せるしかない。

だが、やる気を出したマミマミさんは青スライムもお化けバッタもお化けキノコも狩ってしまう。

彼女にしてみれば、どのモンスターも強さの差が感じられないほど弱いのだ。

「は～弱いモンスターだけいる場所とかないかなあ」

どうやら、この階層はモンスターのバリエーションが豊富のようだ。

強いモンスターも弱いモンスターも混ざっている。

「弱いモンスターだけがいる場所か。なら上の階層に行くか？」

　マミマミさんが天井を指差す。

「どういうこと？」

「基本的に上の階層に行けば行くほど、モンスターは弱くなっていくぞ」

　そういえば、そんな話を以前に聞いたような。

「でも迷わないかなあ？」

　この階層はまるでテーマパークの迷路のように道が入り組んでいる。

　迷わないように僕の部屋からなるべく真っ直ぐな道を選んでいた。

「ワシは真神だぞ。こういう時に便利な魔法もある」

「おお、魔法！」

「マジックフットマーク」

　マミマミさんが魔法名らしきものを唱える。だが、なにも起こらない。

「なにも起きないですけど？」

「ちょっと歩いてみればわかる」

「おお、おおお！」

　青く光る足跡がダンジョンの床にマークされる。

「歩いた場所がわかるから迷わなくなる。まあ同じ場所を何度も歩き回ると逆にわかり難くなるし、知能のあるモンスターに足跡をつけられることもあるがな」

それほど長居するつもりはないし、どんなモンスターがきてもマミマミさんがいれば大丈夫だろう。

「他にも冒険者が接触してくることもあるかもな」

「な、なんだって？」

異世界の冒険者と会えるのか？

「そりゃ足跡を残しておけば、冒険者なら簡単に追跡できるだろ」

「へ、へぇ～」

女騎士や女エルフに会えるかもしれないぞ。

女獣人はもう目の前にいる。猫耳ではなく、狼耳だけど。

「上の階層を目指しましょう！」

「ふむ。そうするかの」

上の階層に行く階段を探しながら進む。

「あ、足跡ですね。こっちはもう調べたか」

「向こうを調べよう」

途中モンスターが現れて僕も何匹か倒したがレベルは上がらなかった。

モンスターを倒した数が少ないのだろう。

やはり自分の力だけでレベルを上げられる場所を探したい。

マミマミさんに頼ってばかりもいられない。

「ご主人様！　マミマミ様！　アレ階段じゃないですか？」

シズクが小部屋の中を指差す。

上へとつながる階段があった。

「うん。上の階層につながる階段だ」

「シズク偉い！」

シズクの頭を撫でてあげる。

「えへへへ」

マミマミさんが前に出る。

「念のため、ワシが先に上る」

「あ、お願いします」

マミマミさんの裸Yシャツの下のパンツ尻と尻尾を見ながら階段を上る。

「どうだ？」

え？　どうだって言われても。

今回のパンツは可愛い水玉の模様だ。

「なかなか、いいです」

「そうだろう。ここは世界樹の根の階層だ。思い出してきたぞ」

「え？　世界樹？」

階段を上りきると自然の洞窟のような通路になっている。ところどころ巨大な植物の根が天井や壁を突き破って生えていた。

僕の部屋とつながっている階層は石のブロックで部屋と通路が構成された遺跡風のダンジョンだったから変わりように驚く。

「まあ本物の世界樹ではないがな」

「え？　偽物なんですか？」

「偽物というわけではないが、世界樹の子供だな。世界樹の種が何処かで芽吹いてその根が時空の歪みでここにきているのだろう」

「へ～。世界樹の子供か」

さすが神様呼ばわりされているだけあってマミマミさんは知識も深い。

適当なことを堂々と言っているだけかもしれないけど。

「でも、どうしてこの階層のこんなぶっとい根っこが下の階層にいかないのかな？」

大きな根っこはそのままダンジョンの地面を柱のように貫いている。

先ほどまでいた階層からその根が見えていてもおかしくない。というか見えていないと不自然だ。

けれども下の階層ではこんな根は一切なかった。

「ヨーミのダンジョンは元々魔素が強い場所に神々や古代人が手を加えたものだ。時空が歪んでいるからなにがあってもおかしくない。おそらくこの層と下の層は実際にはつながっていないのだろう」

「それで階層ごとにまったく様相が違うのか」

とにかく環境よりも出てくるモンスターだ。

「モンスターを探そう」

自然洞窟から根が生えてきているようなダンジョンでモンスターを探す。

「いた！　愛しのお化けキノコ！」

さっそく金属バットで攻撃して倒す。

「次！」

幸先がいい。どんどんきやがれ！

青スライムを三匹も見つける。すべて一撃で倒す。

「お、あんなところに大きなアリがいるぞ」

マミマミさんが指差す。

お、大型犬ぐらいのアリが二匹か。強そうだぞ。

「どうする？　ワシがやるか？」

「い、いえ。僕がやりますけど……毒持ってないだろうな？」

「高レベルの毒消しの魔法も持っているから大丈夫だぞ。回復魔法もある」

なら安心だ。金属バットを構えてオオアリに振り下ろす。

頭に命中して外骨格を陥没させる。オオアリはひっくり返って、しばらくして足をばたつかせるのをやめた。

「やった！」

「油断するな！」

マミマミさんに言われなくても気がついていた。

残ったオオアリが僕の足元に噛みつこうとする。

それをかわして頭に金属バットを振り下ろすと、もう一匹のオオアリもひっくり返って大人しくなった。

「ご主人様！　すごい！　やりましたね！」

「へへへ。ありがとシズク！」

バットを握っていない左手で心音ミル姿のシズクとハイタッチする。

「ふんっ、油断しないほうがいいぞ。足元を見てみろ」

マミマミさんに足元を見ろと言われる。

見るとジーンズがバッサリと裂けていた。

「な？」

きっと二匹目のアリの強力な顎でやられたのだ。

肉に食い込んでいたらと思うと恐ろしい。

「自分に有利な距離を取りつつ戦うのだ」

「す、すいません」

「だが、戦闘のセンスはなかなかいいぞ」

「え？　ホントですか？」

「ああ。戦闘のセンスばっかりはレベルが上がってもダメなヤツはダメだからな」

少し自信が出てきた。

なにしろマミマミさんは神代から生きているのだから、きっと数多(あまた)の戦士を見てきているはずだ。

また、お化けキノコ、青スライム、青スライム、オオアリと倒していく。

そしてついに。

「おお、おおおお！」

体から力が溢れ出る。レベルアップだ。

【名　前】鈴木透（スズキトオル）
【種　族】人間
【年　齢】１６
【職　業】管理人
【レベル】６／∞
【体　力】２８／２８
【魔　力】４１／４１
【攻撃力】１２６
【防御力】３９
【筋　力】１６
【知　力】２７
【敏　捷】１８
【スキル】成長限界無し
　　　　　ゲート管理LV２／１０

握力60キロ！

もうレベルを上げなくても、握力だけなら学年で上位かもしれない。

また適当にモンスターを探しながら歩くと前方に部屋が見えてきた。

「ひ、人影だ」

中にはランタンのような灯も見える。

「冒険者だな」

マミマミさんが言う。

「ぼ、冒険者？　人影だけどなんらかのモンスターってことは？」

「ないな。匂いで確認した」

マミマミさんがクンクンと鼻を鳴らす。

なるほど。イヌ科の動物は鼻がいいと聞く。

「冒険者ってことは異世界人だよね」

「会ってみるか？」

「だ、大丈夫かな」

「大勇者クラスが三、四人までなら危険はない」

大勇者ってなんだよ。

でもまあ危険はないってことなら様子を見に行くことにする。

部屋に近づくとなにやら水音が聞こえてきた。

どうやら部屋の中心が噴水になっているようだ。

「ヨーミのダンジョンにはこのような水場がたまにある。冒険者の憩いの場だな。もちろんモンスターの憩いの場になっていることもある」

「なるほどね」

この場所は冒険者の憩いの場になっているのだろう。

部屋に入ると、かなり大きな部屋でいくつかの集団が固まって座っていた。

「うお。みんな冒険者っぽい」

革鎧やローブなどそれっぽい格好をしている。

パーカーにジーンズ、ディーバロイドの未来っぽいコスチューム、裸Yシャツは明らかに浮いている。

かなりジロジロ見られてしまう。

部屋の隅には丸太や岩のベンチがある。

やはり一種の公共施設になっているようだ。

僕たちも少し休憩しようということになった。

三人で噴水の水を飲む。

「喉渇いていたから水が美味いなあ。それにテンション上がるよ」

「何故だ？」

マミマミさんが聞いてきた。

「だって、まさか自分がこんなファンタジーな世界で冒険できるなんて思わなかったから」

「日本ではそういうゲームや漫画が流行っているらしいな。レイコに聞いた」

「こちらの世界には夢も希望もないですからね。それに比べて……」

ダンジョンのある異世界では冒険者たちを見るだけでも胸躍る。

ギルドなんかもあるかもしれない。

ここにいる冒険者たちは仕事でヨーミのダンジョンにいるんだろうから、そういった人たちの相互扶助のための組合があってもおかしくない。

ただ残念なことに女冒険者はあまり見かけなかった。

いるにはいたけど、筋肉ムキムキで日本のゲームのように可愛らしくはない。

そりゃそうだよね。

「ところで冒険者の人たちはどんな仕事をしているんだろう?」

薬草採取、素材収集、ダンジョン調査、モンスターの討伐、ゲームだとそんな依頼を冒険者ギルドから受ける展開が多い。

「さあなあ。ダンジョンの知識があっても人間社会の知識はないんだ」

マミマミさんには冒険者たちがどんな仕事をするためにダンジョンにきているのかわからないらしい。

「というかワシは人間が嫌いなんだ」

「え?」

今まで仲よくやれていたと思っていたのに。

「トオルやレイコは好きだよ」

ほっとはしたが、どうして人間が嫌いなのか気になった。

「どうして人間が嫌いなんですか?」

「人間は自分勝手だろう。だからワシは人間がこないヨーミのダンジョンの地下深くを住処とした」

「そんな……」

否定したかったが難しい。

ネットで調べたのだ。その昔、日本人はマミマミさんの種族を真神という神として祀った。

真神はニホンオオカミであるともいう。

ニホンオオカミは日本においては滅んでいる、とされている。

もちろん、人間の影響も大きいだろう。

「白スライム族がダンジョンに隠れ住むようになった理由も聞いたのではないか？」

マミマミさんも白スライムが人間に悪用された歴史を知っていた。

僕はなにも反論できない。

シズクが毅然とした声をあげた。

「トオル様はご主人様なのに私を友達にしてくれました！　悪い人じゃありません！」

「シズク……」

マミマミさんが笑う。

「ふふふ。シズクの様子を見てトオルのことをいいヤツだとわかったのだ。ちょっとエッチだけどな」

「はい！　最高のご主人様です！」

心音ミル姿のシズクがニッコリと笑う。

シズクを友達にして本当によかったなと思っていると、顔に十字傷のおっさん冒険者が話しかけてきた。

「あ、あんたたち、質のいいポーションか回復薬を持っていないか？」

日本語ではない。異世界の言語なのに言葉の意味が理解できる。

テレパシーのような感覚だ。

驚いているとマミマミさんの声もテレパシーのような感覚で聞こえた。

「これは〝共通言語〟というスキルだ。各国の言語に付与する」

い、異世界のスキルはなんと便利なんだ。

マミマミさんもおそらく共通言語スキルでおっさん冒険者に話しかけた。

「いきなり、なんだ？」

「す、すまん。俺はダンだ。あそこにいるパーティーのリーダーをしている」

「ほう。それで？」

「仲間が足の腱をオオアリに嚙み千切られた。早く質のいいポーションか回復薬で治療しなければ、アイツはもう冒険者としては終わりだ」

ぞっとする。

僕は先ほどオオアリにジーンズの足元をバッサリやられたところだ。

ダンさんが指差したほうから確かにうめき声があがっていることに気づいた。

「パーティーに回復魔法を使える回復役を入れていないんですか？」

ゲームだったら常識だ。

「モンスター語？　なんて言ってる？」

そ、そうか。日本語はモンスター語だったんだ。

マミマミさんが翻訳してくれた。

「パーティーに回復魔法を使えるヤツいないのかって」

それを聞いたダンさんが激昂する。

「いるわけないだろ！　回復魔法が使えるなら、なんで冒険者をやっている？　教会でも病院でも役所でも何処でも雇ってもらえるだろうが」

僕はダンさんの今の話で冒険者のことがわかった。

回復魔法というスキルを持っていれば、冒険者などあえてやる人もいない危険な職業なのだろう。

マミマミさんは淡々と言った。

「回復魔法か。ワシはできるがな」

そう。僕はマミマミさんが回復魔法を使えることを知っている。

だからこそダンさんに回復役はいないのかと聞いたのだ。

でも……。

「ホ、ホントか⁉　ありがたい。仲間に使ってやってくれ！」

「ちょっと待て。ワシは回復魔法をできるとは言ったが、使うとは言ってないぞ」

そう。マミマミさんは人間が嫌いらしい。

助けないかもしれない。

「そ、そんなっ！　礼は必ずするから頼む！」

「お前からの礼などいらん。ウチのパーティーのリーダーに頼め。リーダーに従う」

え？　ウチのパーティーのリーダー？

マミマミさんの顔がこちらに向く。

「そりゃそうだよな。パーティーメンバーの魔力の残量なんかはリーダーが管理しているところもある。回復役の魔力は貴重だろうけどアンタ頼むよ」

ええええ⁉

今までマミマミさんにすがっていたダンさんが、今度は僕にすがってくる。

マミマミさんの顔を見る。

「ワシはリーダーに従うぞ」

僕の返事は決まっている。

「マミマミさん、頼みます。治してやってください」

「わかった、リーダーに従うよ。回復魔法使ってやる」

ダンさんは大喜びで僕たちを案内する。

マミマミさんが僕に小声で言った。

「これは貸しだ。シャンプーで頭洗ってもらうぞ。三回だからな」

「ははは。いいですよ」

「む。何故笑う」

マミマミさんが治すのを嫌がっているフリをしているのに笑ってしまった。

僕が治してくれって言うのは知っていて決めさせたくせに。

マミマミさんはダンさんの仲間の傷をすぐに癒してしまった。

「は～ホントは人間の傷なんか治したくなかったんだがなあ。リーダーが頼むから」

嘘ばっかりだ。

それに、いつ僕がパーティーのリーダーになったんだろうか。

「いいじゃないですか？　異世界のお金も貰ったし、それとなく情報も聞き出せたし」

どうやらヨーミのダンジョンの地上には白スライム族が地上から姿を消した当時のままのフランシス王国があるらしい。

また、この場所はヨーミのダンジョンの地下四層で、そこから僕の部屋とつながっている階層が地下五層ということもわかった。

「金はみーんなワシのものだからな」

「えー記念に少しは欲しいなあ」

治したのはマミマミさんだけど、僕も一枚ぐらい欲しい。

使うつもりはないけど、銀貨なのでファンタジー世界の気分に浸れる。

「マミマミさんはお金なんかなにに使うんですか？」

「ダンジョンの地上で人間から美味しい食材を買ってトオルに料理させる」

「ああ、いいですね。異世界の食材か」

噴水の部屋から出てモンスターを探しながら、僕たちはそんなことを話す。

噴水部屋からかなり離れた頃、後ろから声をかけられた。

「お前ら、ちょっと待てよ」

四人の冒険者がやってくる。

おそらくパーティーなのだろう。

話しかけてきたのは共通言語のスキルを使うスキンヘッドの冒険者だ。

鉄製の胸当てにおそらく鋼鉄の長剣をさやに挿している。

最初はおっさんかと思ったが、傍らで見ると結構若そうだ。二十五歳ぐらいだろうか。

少しだけ警戒する。

「お前らは冒険の初心者だろ？」

本当のことを言わないほうがいいだろうか。

「黙っていても服装でわかるぞ。荷物も持たず、そんな格好でこの地下四層まで降りているんだからな」

確かに僕らは食料すら持ってきていない。

先ほどの十字傷のダンさんが心配して、食料をわけてくれようとした。

乾燥したクッキーみたいな食料で不味そうだから断ったけど。

「どうだ？　ドルガスの冒険者パーティーにこないか？　ドルガスってのは俺だがな」

勧誘だったのか。

シズクとマミマミさんと顔を見合わせる。

「リーダーどうするんだ？　ワシはリーダーに従うがな」

マミマミさんは僕に従うと言っているが、明らかに嫌そうな顔をしている。

僕はちょっと嬉しそうな顔をしていたのかもしれない。

異世界の情報が増えるし、単純に冒険者に興味がある。

ただ、シズクが貴重な白スライムであったり、マミマミさんが巨狼であったりすることを考えれば、バレてしまうリスクは大きい。

「す、すいません。僕たちは三人で間にあってて」

「あ、モンスター語？　お前に言ってねえよ」

スキンヘッドの冒険者ドルガスが凄む。

「話しているのは、さっき回復魔法を使っていたそこの獣人の女だ。お前なんか知るか」

「えええ？」

くっそ。コイツらマミマミさんの回復魔法を憩いの場で見ていたのか。

魔法の足跡はまだついているから追うのはさぞかし簡単だったことだろう。

「なんならそっちの変な格好したガキ女も面倒見てやってもいいぜ。なかなかいい女だしな。へへへ」

ドルガスがシズクのほうを見る。

「私はご主人様と一緒です！　アナタのパーティーには入りません！」

「ほ～ガキのくせに一丁前のことを言うじゃないか」
ド、ドルガスは日本語が通じるのか？
話しているのは共通言語スキルのテレパシーだが、僕やシズクの言葉が通じているようだ。

モンスター語＝日本語が通じる冒険者もいるのかもしれない。

って冷静にそんな分析をしている場合じゃない。

僕ら三人は適度な間合いを取る。

しかし、ドルガスのパーティーに囲まれていた。

「冒険者ギルドの規則でよ。ギルド員同士の争いはご法度になっているだろう？　だから穏便に勧誘しているんだ」

　おお、冒険者ギルド！　やはりあるのか！

　冒険者のギルド員同士が争ってはいけないなどという規則もあるらしいぞ。

　また冷静に分析してしまったが、ドルガスのパーティーの冒険者は剣やら斧やらメイスやらを抜き放つ。

「だから人間は嫌いなんだ。リーダーの意思を聞くまでもなさそうだな」

　殺気のこもった言葉を聞いた僕はマミマミさんを羽交い締めにした。

「な、なんだ？」

「ちょ、ちょっと待ってください」

「こんなヤツら構わんだろ」

「い、いくらなんでも殺すのは。ひょっとしたら家には病気の奥さんか子供がいるのかも」

「知るか！　どうしろっていうんだ？　一人は殺らんとアイツらわからんぞ！」

　僕はある方法をマミマミさんに耳打ちした。

「なるほど。トオルは賢いな」

　ドルガスが怒鳴る。

「おい、お前らなにモンスター語でこそこそ話しているんだ。さっさと……」

　マミマミさんがYシャツを脱ぐ。

「へっへっへ。わかってんじゃ」

ドルガスは下卑た笑みを見せたが、すぐに恐怖に引きつった顔に変わる。

「な、なんだこいつはわあああああああ」

「じ、人狼だぞ」

「逃げろ～！」

人狼？

まあ美少女が通路に収まりきらないような巨狼に急に変わったら恐ろしいに決まっている。

ドルガスのパーティーの冒険者たちは武器も放り投げて、一目散に逃げ出した。

「ほうほう。これは素晴らしい鋼鉄の剣ですね。ファンタジー感があるし、もらっておくか」

僕が剣を拾っていると人間の姿に戻ったマミマミさんが騒ぎ出した。

「トオル～！」

「どうしたの？」

「パンツが破けた～」

マミマミさんの手には水玉の残骸らしきものが握られていた。

それ以前にYシャツを着てから教えて欲しい。

「パンツを脱ぐのを忘れて変身しちゃったんですか？」

「うん」

「とりあえずYシャツを着ましょう」

マミマミさんがまた完全な裸Yシャツに戻ってしまった。

はぁ。上の階層に上る時の階段が楽しみ、じゃなくて困る。

「スースーする。だから人間は！」

「暴力でご主人様を仲間外れにしようなんてとんでもない人たちです！」

マミマミさんとシズクが怒っている。

確かに鋼鉄の剣と階段の楽しみはくれたが、とんでもないヤツらだった。

しかし、二人――というか二匹か――に、これ以上人間の悪いイメージを持たれたら困る。

「いや、いい人間も一杯いるよ」

「そうか～？」

マミマミさんは明らかに疑っているし、シズクもプンプン顔だった。

「おーい！　君たちぃ～！」

また遠くから声をかけられる。

走ってきたのは十字傷のおっさん冒険者、ダンさんのパーティーだった。

「大丈夫だったかい？」

「大丈夫だったってなにがですか？」

マミマミさんが僕の言葉を翻訳して伝えてくれる。

「あの用心棒ギルドの連中になにかされなかったかい？」

「あ〜」

用心棒ギルドってさっきのヤツらだな。

「用心棒ギルドのヤツらが休憩所から君たちを追っていったようだったから、助けにきたんだけど」

助けにきたと言っても時間は大分経っている。

その上、ダンさんとメンバーは少し震えていた。

おそらくドルガスのパーティーのほうが強いのだろう。

それでも助けにきてくれたのだ。

「いや、大丈夫でしたよ。話せばわかりました。剣もくれたし」

「え？　あ、いや、マジ？」

僕は小さい声でシズクとマミマミさんに言った。

「ほらね。いい人もいるでしょ？」

「頼りないがな」

「はい！」

マミマミさんは皮肉を言って、シズクは笑顔で返事をした。

「ところで用心棒ギルドってなんですか？　ドルガスさんは冒険者ギルドにも入っているみたい

だったけど」

「え？　君たち用心棒ギルドを知らないのかい？」

「え、えぇ。実は田舎から出てきたもので」

田舎って言ってもマミマミさんはラスボス後の隠しダンジョンのような田舎だけど。

僕は立川だし。

「そうなんだ。じゃあ知っておいたほうがいいから教えよう」

ダンさんの話によれば、国や行政も公認しているのが冒険者ギルド。

一方、用心棒ギルドは非公認のギルドで、このダンジョンの地下一層の地下街が本部らしい。

ってか、ダンジョン地下一層が地下街になっているのかよと驚いたが、さすがにそれを知らないのは変だと思われそうなので知っているような顔をした。

地上からきたら必ず通るだろう地下一層のことを知らないのは変に思われてしまう。

「用心棒ギルドの正式名称は傭兵ギルドなんだけどな。アイツらは勝手にパーティーに入り込んで用心棒代を徴収したり、めちゃくちゃをやってくるんだ」

そんな連中だったのか。

「関わらないほうがいいぞ。剣も返したほうがいい」

「いろいろ教えてくれてありがとうございます」

「いや俺のほうこそ。仲間に回復魔法を使ってもらってありがとうな」

挨拶を交わしてダンさんたちと別れる。

「いい人たちでしたね」

シズクが言った。

「いろいろと情報が手に入ったしね。でも時間かかっちゃったなあ」

今、何時だろうと思ってスマホをポケットから取り出す。

「げっ？　午前四時？」

新鮮な体験が多すぎて、つい時間が経つのを忘れていた。

学校はなくても朝ご飯を作らないと会長に怒られてしまう！

「魔法の足跡のかかとの方向に歩けば帰れるけど、ここまでくるのに一時間ちょっとはかかっているよなあ」

部屋に着くのは午前五時半ぐらいか。

いやモンスターと戦わないようにすれば、もう少し早く部屋に帰れるだろうか。

どちらにしろ、ほとんど寝る時間はないし、もう寄り道はできない。

「ご主人様！　見てください。あれ！」

シズクが指差した方向を見る。

右手の通路のちょっとした暗がりに鉄の扉があった。

「あれ？　え？　あれって……」

「ですよね……似ていますよね？」

僕の部屋につながる鉄の扉にそっくりだった。

「早く帰りたいけど、ちょっと調べてみようか」

「はい！」

美夕さんの水玉パンツの墓を作ってから、僕たちは鉄の扉の前に行った。

「うーん。近くで見ると増々そっくりだね」

「そうですね。細かい木の根が張って、ずっと開閉してないって感じですけど」

シズクが言うように鉄の扉には根が張っていて開閉した形跡がない。

「ボタンもないぞ」

壁に這う根の裏側にあるのかもしれないけどボタンもない。

「この手のダンジョン部屋の扉には三種類ある。ボタンが内側にしかついてないタイプ、ボタンが外側にしかついてないタイプ、ボタンが両側についているタイプだ」

マミマミさんが教えてくれた。

「ということは、これは内側にしかついてないタイプですね。つまり、誰かが入って閉めたら、中の人が開け直すまで閉まったままってことか」

「そうなるな」

え？　そうすると僕の寮の部屋につながっているダンジョンの部屋はどうなっているのだろう。

もし内側にしかボタンがついてないタイプだったら……。

「やばい！　最悪、帰れなくなるぞ！」

「ああ、それは大丈夫。トオルの部屋とつながっている鉄の扉はちゃんと両方ボタンがあったぞ」

「そうですか。よかった」

しかし、そうすると、この扉だ。

ずっと開閉していないということは入って閉めた人は、中で死んでしまったのだろうか。

「ひ〜ひっひっ！　い〜い色だ！　い〜い艶だ！」

不気味な声が扉の向こうから聞こえてくる。

「い、今の聞こえた？」

「はい！」

「おう」

マミマミさんもシズクも美夕さんの小さな声が普通に聞き取れるぐらいだ。間違いなく聞こえただろう。

「開けろ〜！　開けろ〜！」

マミマミさんが鉄の扉をドンドンと叩き出す。

ちょ、ちょっと、やばい黒魔法使いとかいたらどうするんだと止めようとしたところ。

「ひっ！　ひいっ！　なんだ？　なんですか？」

おびえたような声が聞こえてくる。

とりあえず、中にいる人物がすぐに怒って攻撃してくる黒魔法使いというセンはないようだ。

「開けろ～！　開けろ～！」

マミマミさんは相変わらず、鉄の扉をドンドンと叩いている。

なんだか僕も入りたくなってきた。

「開けと念じながらひらけゴマとか言ったら開いたりして」

僕が軽い冗談を言った時だった。

ずっと開閉していなかったと思われた鉄の扉が木の根を引き千切りながら上に開いていく。


「あ、開いた？」

い、一体、中はどうなっているんだ。

扉が目線の高さまで開く。

「な、なんだここ⁉」

キノコだ。ダンジョン部屋のいたるところに棚があってそこにキノコがびっしりと栽培されている。

その真ん中でよく知っている人物が尻もちをついて目をつぶっていた。

「き、木野先輩？」

「あ、あれ？　鈴木氏？？　心音ミル？？？　この裸Yシャツの人誰？？？？？」

部屋の向こうに団地の玄関のような鉄のドアが見える。

つまり。

「う、後ろのドアってこはる荘につながっているんですか？」

「当たり前じゃないか。ここは寮の倉庫なんだから」

え？　先輩はここが寮の倉庫だと思っているのか。

「か、勝手に倉庫でキノコの栽培しちゃってごめんでござる。か、片づけるから」

ま、まさか。毎晩ふるまってくれているキノコ料理のキノコは実家から送られてきたものじゃなくて、ダンジョンで栽培したものだったのか？

「ダ、ダンジョン？　そんなに怒らないでよ鈴木氏。キノコはもう少ししたら、必ず片づけるからさ」

「いや怒ってないし、ホントなんですって。ってか押し入れの中が学生寮の倉庫になっているってておかしいじゃないですか」

「そう言われればそうだね。でもダンジョンになっているほうがおかしいじゃないか？」

そりゃ、そうだけど。

「寮の倉庫なんでしょ。キノコの栽培に最適だったんだよ。ほら立川って地下の暗室で作るウドが名産ではござらんか」

「キノコのことは忘れて僕たちが入ってきた扉の向こうを見てくださいよ」

「ああ、あんなところに扉があるなんて気がつかなかったよ。ほら根っこが一杯張っているから隠れていてさ」

「いいから見てください」

「な、なんだこれ！」

やっとダンジョンと理解してくれたか。

「す、すっごい倉庫でござるな。キノコの棚をいくらでも作れるぞ」

「いい加減、キノコから離れてくださいよ」

「それにしても鈴木氏。実はすっごいんでござるな。小生少し羨ましいでござる」

「すごいってなにが？」

先輩が僕の耳に小声で話しかける。

「めちゃめちゃ可愛い彼女が二人もいて、コスプレさせているなんて。心音ミルにそっくりだよ。狼耳の人はなんのコスプレなの？」

先輩はまだ理解してくれていないらしい。僕はシズクに言った。

「シズク。先輩の前でスライムに戻って」

「はーい！」

心音ミルはどろんと溶けて、白いスライムになった。

先輩が目を白黒させている。

先生に報告されたりしてもマズい。

やりたくないけど、ちょっと脅かしたほうがいいかもしれない。

「マミマミさん、狼の姿に」

「面倒だのう」

マミマミさんがYシャツを脱いで巨狼の姿になる。

「うわあああああ。キノコの棚が倒れるでござるうううう」

木野先輩は驚く前にキノコの棚を心配している。

筋金入りのキノコマニアだった。

「本当に異世界の漫画やゲームみたいなダンジョンだったんでござるな」

「はい。絶対に誰にも言わないでくださいよ」

「言わないでござるよ。その代わり」

先輩のその代わりは予想できる。

「ここでキノコ栽培していてもいいかなあ?」

「いいですけど、その代わり内緒ですよ」

「ありがとうでござる。ダンジョンが公になったらキノコ栽培なんてできないような騒ぎになっちゃうからしないでござる」

やっとダンジョンやシズクたちを内緒にして欲しいという話ができた。

まあダンジョンの存在を信じてもらうまで時間がかかったけど、先輩の口は堅そうだ。キノコのために。

「いやぁ小生の実家が農家っていうのは本当なんだよ。でも、あんまり儲かってなくて。副業でキノコ栽培はどうって親に勧めたんだけど、家で栽培してみたらキノコが可愛くってねえ。自分でも育てたくなっちゃったんだ」

「そうだったんですか」

「実は地元の山形の公立は落ちちゃって私立の学費も払えなくてさ。親が困って知り合いのこの学園の理事長に相談したら学費はタダで寮費も安いって」

「えええ？　そうなんですか？」

「うん。それなのに倉庫で勝手にキノコ栽培とかしたら悪いかなって思っていたんでござる」

悪いって思いながら、やっているけどね。

「そうか。ダンジョンだったのか。変だと思っていたんだ」

「変ってなにがですか？」

「このキノコ見てよ」

「そ、そそそのキノコはまさか……」

「あ、知っている？　美味しいんだけど、もう少し大きくなるとちょっと動くんでござる」

知っているもなにも僕の経験値稼ぎの主力〝お化けキノコ〟だよ。栽培なんてできたのかよ！

「動き出すまで大きくなると不味くなっちゃうから小さいうちに収穫しているよ。すごい早さで増えるのも特徴でござる」

だから大丈夫だったのか。もっと大きくなったら体当たりとかで攻撃されてたぞ。ってか動くようなキノコ食わないで欲しい。

「毒だったらどうするんですか？」

「ああ、それがね。このキノコは美味しいんだけど、他のキノコを食べて死にかけたんだ。黄色に光るキノコがあったら鈴木氏も食べるだろ？」

絶対食わない。

木野先輩はなにを考えているんだ。

「ああ、照明にも使われるライトキノコか。確かに毒がある」

人間の姿に戻ったマミマミさんが教えてくれる。

「やはり毒だったんでござるか。喉や胸が焼けるようでさ」

「それでどうしたんですか？」

「喉の痛みから逃れようとたまたま持ってきていたコーラを飲んだらスッキリ」

「コーラぁ？」

異世界では日本の物品が特殊な効果を持つ場合があるからな……コーラは解毒剤の効果を発揮したのかもしれない。

「まあ、あの毒キノコのことはいいや。この動くキノコはさ。栽培に苦労したんだ」

「そりゃ苦労するでしょうね」

モンスターの栽培が簡単にできたら困る。

「うん。問題は苗床だったでござる。ダンジョンに生える根のオガクズを菌の苗床にしたら上手くいったんだ」

「なるほど」

異世界のものは異世界のもので栽培しないと上手くいかないのかもしれない。

「ところで扉が開いた時先輩がボタンを押してくれたんですか？」

「いやあの辺は根っこが一杯張ってるから扉があったことすら気がつかなかったよ。ましてやボタンなんか」

「え？　じゃあ、どうして扉が開いたんだ？」

今は根を剝がしてボタンを見つけて扉を閉じているが、先輩は扉が開いた時にはボタンの存在にも気がつかなかったという。

「ちょっと調べてみるか」

みんなで扉の前に立つ。

「うーん。何年も、開閉してなかったような扉がどうしてだろう？」

調べてもわからなかった。

「魔法かもな。やってみよう。オープンドア」

マミマミさんは魔法かと思ったらしい。

扉を開けるのだろう魔法を放つ。

「ふむ。魔法が効かないタイプの扉のようだ。魔法ではないのか」

「マミマミさんの魔法でも開かない扉があるんですか？」

「馬鹿にするな。物理では開けられるわ！」

それは力でぶち壊すって言うんじゃ。

モンスターを防いだり、冒険者を防いだり、ここに扉が存在する価値はあるので壊すのはやめてもらう。

「この扉ってどんな状況の時に開いたんだっけ？　確か……僕が開けって念じながらひらけゴマって言ったんだよな」

その時だった。

扉が音を立ててゆっくりと上へ開きはじめる。

「ど、どういうことだ？　まさかひらけゴマが扉を開ける合言葉だったのか？」

ひらけゴマは日本でも有名な合言葉だ。この異世界で日本語はモンスター語だからあり得ない話ではない。

「違う！　トオルが開けと念じたほうだ。ステータスで魔力を確認してみろ」

え？　ステータスをチェックする。

【魔　力】31／41！

「魔力が減っています」

「だろう。ならこの扉を開くスキルを発動させたんだ。おそらくゲート管理とかいう聞いたことないスキルだ」

スキルとか魔力ってなに？　と聞いている木野先輩は放っておく。

「扉を開けるとかいう大したことないスキルだけど嬉しいな」

「大したことないだと？　ワシの魔法でも開かない扉を開けたスキルだぞ！　なんなんだ一体！」

マミマミさんが地団太を踏む。

「ご主人様！　マミマミさんの魔法でも開けられない扉をスキルで開けちゃうなんてすごいです！」

「そ、そう？　……うっ」

シズクに褒められて照れていると、マミマミさんにキッとにらまれてしまう。

「ご、ごめんなさ〜い！」

シズクも怖かったのかすぐに謝った。

「まあいいわ。ひょっとするとこの場所はゲートに関係しているからかもしれん」

「どういうこと？」

「ワシにもよくわからん。ともかく、これでキノコ頭の部屋から寮に帰れたからよかったではないか」

「確かにそうですね」

木野先輩の部屋を使えば、これまで出たすべてのモンスターを倒せる階層に簡単に行けるのだ。

木野先輩の部屋から寮の廊下を歩いて僕の部屋に戻る。

「今日は大冒険でしたね～ご主人様」

モンスターを倒してレベルも上げて、はじめてスキルも発動させた。

僕の部屋がダンジョンの地下五層につながっていて、木野先輩の部屋がダンジョンの地下四層につながっていることもわかった。

「だね。でも、もう朝の五時だよ。朝ご飯作るのに朝も六時半に起きないといけないから早く寝よ寝よ。起きれるかなあ」

「レイコは起きないだろうからここで寝るぞ」

マミマミさんが真神の間に帰るには美夕さんの部屋を使わなければならない。

マミマミさんは一組しかない布団に真っ先に転がった。

「はいはい。どうせそうなると思っていましたよ」

「あ、トオル」

「ん？」

「やっぱりスースーするからトオルのパンツ貸してくれ～」

僕らは昨日と同じように一組の布団で雑魚寝した。

◆　◆　◆

「ふぁ～あ」

あくびをしながら、まだ寝ている狼耳の美少女を見て思い出す。

そうだ。朝の五時に寝て……。

「って今何時だ？」

時計を見ると午前九時半だった。

「うわあああああ」

寝過ごして朝ご飯を作れなかった。

きっと会長が大激怒していることだろう。

「どうして目覚まし時計が鳴らなかったんだよ」

「ご主人様、起きられました？」

「あ、シズク」

心音ミル姿のシズクが奥のミニキッチンから出てきた。

「おにぎりとお味噌汁とお新香も食堂から持ってきました」

ひょっ、ひょっとして。

「朝ご飯はシズクが作ってくれたの？」

「差し出がましいかとも思ったのですが、ご主人様があまりにも気持ちよさそうに寝ていたので、私がトオル様の姿になって代わりに……」

み、美夕さんや木野先輩には最悪バレてもいいとしても、会長にバレなかっただろうか。

シズクがおにぎりとお味噌汁とお新香をお盆に乗せて持ってきた。

見た目は普通に美味しそうだ。

「いただきます」

おにぎりを一口食べて、お味噌汁を飲んでみる。

「美味しいよ！」

「ホントですか！　よかった。心配だったんです」

「本当に僕が作ったおにぎりと変わらないよ」

「そんな、ご主人様が作ったおにぎりのほうが絶対美味しいです！」

シズクが強く主張する。

「そ、そう？」

「おにぎりはご主人様がはじめて作ってくださったご飯です！　すっごくすっごく美味しくて、

「すっごくすっごく感動しました」

昔の異世界の人はなんて馬鹿なんだろう。

シズクの仲間を売ったりするなんて。

プライスレス、お金には代えられないと思うんだけどなあ。

「ところでなんで朝から心音ミルの姿してるの？」

「ご主人様は今日もダンジョンでレベル上げをなさると言っていましたから」

「あ、そうだったね」

「はい！　今日も頑張りましょ！」

シズクが両手ガッツポーズをした。

僕はずっとシズクと一緒にいるぞ。

「ふわ〜なんだか美味そうな匂いがするな」

マミマミさんもお味噌汁の匂いで起きたらしい。

「おはようございます」

「マミマミ様のおにぎりとお新香とお味噌汁もありますよ」

「おお！　偉いぞ！　シズク！」

マミマミさんは食事を終えると目を半分閉じながら言った。

「なんだか眠いの〜」

「僕はもうスッキリしましたけど、四時間ぐらいしか寝てないですからね」

「ワシはここ数百年間、飯も食わずに寝てばかりいたから」

そういえば、マミマミさんの真神の間での生活はそんな感じと言っていたな。

あまり手伝ってもらうのも悪いか。

「なら、マミマミさんは寝ていますか？」

「トオルとシズクで大丈夫か？」

考えていたことを話す。

「ダンジョンの地下四層なら僕でも倒せる敵しか出てこないから、木野先輩の部屋からダンジョンに行こうと思って」

「この部屋からではなく、あのキノコ頭の部屋からか！　確かにそれなら大丈夫だ。よく思いついたな」

「まあ僕はマミマミさんと違って弱いから工夫しないと」

「うむ。工夫はいいことだ。じゃあワシはここで寝ているから」

「え？」

マミマミさんは僕の部屋で二度寝をはじめてしまった。

美夕さんだって起きているだろうし、真神の間に戻るんじゃないのかよ。

「まあ、いいか」

「じゃあ、木野様の部屋からダンジョンに行きましょう！」

「あ、シズク。少しだけ留守番していてくれないかな。トンスキホーテで買い物してこようかと思って」

「トンスキホーテ？」

「アウトドアグッズから食料品とかいろいろあるんだ。マミマミさんがいないと照明の魔法もないからヘッドライトとか欲しいし、コーラもあるといいんじゃないかって」

木野先輩の話によれば、コーラはキノコの毒を解毒したという。

日本のグッズをいろいろ持っていってもいいかもしれない。

それに特別買っておきたいものがある。

◆　◆　◆

「ただいま～」

「おかえりなさい。ご主人様」

トンスキホーテで買い物して部屋に帰ってくる。

「いろいろ買ってきたよ〜。あれ？　美夕さんきていたんだ」

美夕さんがマミマミさんの寝ている隣で正座している。

和室のカーテンは閉まっていた。

カーテンを開けようとすると美夕さんにカーテンごと手を摑まれる。

美夕さんの息が耳元にかかる。

「マーちゃんが寝ているからカーテンは開けないで」

「え？　あ、うん。そうだね」

「ところでトオルくん」

「なに？」

美夕さんがマミマミさんの穿いているパンツを指差す。

ボクサーパンツだ。

す、すっかり忘れていた。

「どうしてマーちゃんが男物のパンツ穿いているの？　トオルくんの？」

美夕さんは問い詰めるような口調だ。

「じ、実はダンジョンでガラの悪い異世界人に会って。マミマミさんに巨狼の姿になってもらって追っ払ったんだ」

「その話はシズクちゃんから聞いたわ」

美夕さんは昨日の冒険のあらましをシズクから聞いていたらしい。

「巨狼に変身した時に美夕さんのパンツを脱ぎ忘れてパンツが破けちゃった。んで寝る時にスースするって、言うから」

「なるほど。それでトオルくんがパンツを貸したのね」

「破れたパンツにはちゃんとお墓作っておいたよ」

「お墓？　パンツの？」

「あ、いや。ダンジョンの端に埋めただけだよ。間違って誰かの手に渡らないようにね」

気にしすぎかもしれないが、日本の素材が異世界人の手に渡ったら大変なことになるかもしれない。

「そういうことだったんだ。ありがとう」

「うん。今日もこれからダンジョンに行こうと思っていてさ。でもマミマミさんは眠いって寝ちゃったんだ」

「ごめんね。迷惑？　マーちゃんに言っとくね」

「いや、全然。お世話になっているし、一緒に冒険するのは楽しいよ。今日は無理そうだけどね」

マミマミさんが蹴り飛ばした掛け布団をかけ直す。

「じゃあ、そろそろ木野先輩の部屋からダンジョンに行こうかな」

「ねぇ。私もダンジョンに行っていい？」

「もちろん！」

美夕さんもダンジョンに行きたいという。いいに決まっている。

美夕さんとシズクと連れ立って、木野先輩の部屋に向かった。

◆　◆　◆

「木野先輩は行かないんですか？」

「行かないでござるよ。ダンジョンなんて」

今、僕らは木野先輩の部屋とつながっているダンジョンの部屋にいた。

マミマミさんが巨狼になってひっくり返した棚も直されて、びっしりとキノコの苗床が設置されている。

「レベルアップもできるのに」

「休みの日はキノコの世話や研究をしたいんでござる」

木野先輩は早朝までキノコをいじっていたもんな。

無理に誘うこともないか。

「ところでダンジョン探索って結構時間かかるんじゃないの？　もう十一時だけど、お昼の時間に帰ってこれる？」

休日は学校の学食も購買部もない。

僕は寮のお昼を作りに帰らないといけない。

「軽くレベル上げするだけだから、ちょっとモンスター倒してすぐに帰ってきますよ」

「あの。私がお昼ご飯も作りましょうか？」

心音ミル姿のシズクが手を上げた。

「え？」

「ひょっとして朝ご飯を作ってくれた鈴木氏ってシズク氏が変身していたの？」

僕も驚いたが、もっと驚いたのは木野先輩だった。

「はい！」

「早朝までダンジョンを探索していたのに鈴木氏は元気だなあと思ったんだ。シズク氏だったのかあ」

シズクはいつも元気だからなあ。

「木野先輩、シズクの朝ご飯はどうでした？」

「美味しかったよ。全然、気がつかなかった」

一応、先輩に聞いてみたが、まったく気がつかなかったらしい。

「ちょうどいいや。お昼は少し遅くして、シズク氏の作ったご飯をここで食べよう。食べながら小生の育てているキノコの話をみんなにしてあげるでござる」

先輩は自分のジャンルを人に話すのが大好きな人か。

キノコの話はともかく、みんなでお昼ご飯を食べるのはいいかもしれない。

「でも、ちょっと待ってください。木野先輩や美夕さんはいいけど、会長だけこはる荘の食堂で食事させるわけにも」

「会長の休日はいつもアルバイトでお昼も帰ってこないよ。例のカラオケ屋さんでござる」

大金持ちのお嬢様なのに休日はアルバイトに行っているのか。

社会勉強のためとか言っていたけど、感心だなあ。

とにかく会長はいないらしい。

「それなら、ここでお昼を食べるのもいいですね。マミマミさんも呼べるし」

「うわ～！　みなさんと一緒にご飯を食べていいんですね！」

シズクが喜ぶ。

今までシズクは僕の部屋で隠れて食べていることが多かった。

「お昼は二時頃にしようか？」

先輩が時間を決めてくれた。

「たっぷり二時間半はレベル上げできます」

「じゃあ午後二時にここで」

「はい！」

僕と美夕さんでダンジョンに向かった。

◆　◆　◆

「やっ！」

振り下ろした金属バットがオオアリの頭に命中する。

「ふ～これでモンスターを三十匹ぐらい倒したかな」

とは言うものの、三十匹を倒した程度では、レベルはまだ上がらない。

やはり加速度的に上がり難くなるようだ。

青スライムは美夕さんに任せることにした。

美夕さんの武器は食堂にあったアイスピック。

音もなく忍び寄りスライムを倒す。

正直、ちょっと怖い。

美夕さんは【職　業】斥候の能力をいかんなく発揮して役立てていた。

「前方すぐ左の通路にまたモンスターがいるわ。その十メートル先にやっぱり左に入れる通路があって、そのずっと奥の部屋には冒険者が……二人いる気がする」

この感知能力はレベル上げにとても有効だった。

モンスターを簡単に見つけられるし、異世界の冒険者とも会わないで済む。

異世界の冒険者はダンジョンに潜るには冒険者ギルドに登録して、ギルドの規則を守らなければならないらしい。

だが、昨日は冒険者ギルドの規則を無視するならず者にも会った。

僕はマミマミさんがいない状況では、トラブルになるかもしれない冒険者とは会わないほうがいいと判断した。

「なら左の通路のモンスターを素早く倒してここに戻ろう」

「うん。了解」

通路を左に曲がるとオオアリとお化けキノコと青スライムが一匹ずつ。

僕がオオアリとお化けキノコを一撃で倒す。

美夕さんも青スライムを刺した。

お、この体から力が溢れ出るような感覚。

「やっとレベルが上がったぞ」

「私も上がったみたい」

「よし！　すぐにさっきの場所に戻ろう！」

先ほど美夕さんが感知スキルを発動した場所に戻る。

ここなら冒険者にすぐに発見されることはないが、念のため美夕さんに聞く。

「二人の冒険者はどう動いている？」

「うん。ちょっと待って……私たちのほうにきたみたい」

「そっか。じゃあ今まできた道を戻ろう」

「おっけー」

美夕さんが走るのをやめて右手の部屋を見る。

なにもない小さな部屋だ。

地下四層にはこんな部屋がいくつもあった。

「トオルくん、この部屋に隠れてやり過ごさない？」

「え？　でも狭いし、覗かれたらすぐ見つかるよ」

美夕さんが僕の手を引いて部屋の中に入って、通路からは見えない手前の死角を指差した。

「あ、なるほど」

部屋に入ると通路からは死角になっている手前側に狭い通路があることに気づく。

その奥にもう一つ小さな部屋があるようだ。

しかも、その狭い通路は世界樹の子供の根っこによって隠されている。

奥の部屋の隅に二人で座ってヘッドライトの光を消した。

遠くから異世界の言葉が聞こえてくる。

女性？　二人の冒険者は、声からするとどちらも若い女性のように思える。

どうやら二人は軽く言い争いをしているようだ。

異世界の言葉なので内容まではわからない。

声は段々と遠ざかっていった。

「通り過ぎたみたいね」

「うん」

「じゃあ行こうか」

僕がヘッドライトをつけて立とうとすると美夕さんに袖口を引っ張られる。

「もう少し休憩してからにしない?」

「え?」

「長い時間、ずっとレベル上げしていたでしょ」

「そ、そうだね」

僕は暗い小部屋に座り直した。

美夕さんも少しだけ腰を上げて僕の近くに座り直したような気がする。

「ドキドキしたね」

「そ、そうかな」

美夕さんに言われて気づいたが、僕もドキドキしていた。先ほど冒険者から隠れていたからだろうか。

「み、美夕さん、コーラでも飲む？」

「いい」

「そう。僕は飲もうかな」

バックパックからコーラを取り出して飲む。

緊急時の毒消しに持ってきているのに、間が持たなくて全部飲みそうになる。

静かなダンジョンだと美夕さんの小さい声もよく聞こえた。

近くに座っているからかもしれない。

「ごめんね」

美夕さんが急に謝ってきた。

「な、なにが？」

「私、馴れ馴れしかったでしょ？　今でも……」

「え？」

耳元で話されたり、膝枕をしてくれたりしたことだよな。

確かに距離感は近いなと思ったけど。

「嫌だと思ったことはないよ。むしろどうして僕なんかに優しいの？」

「その……誤解していて……」

「誤解ってどんな？」

「私の家って田舎の旧家なの……」

田舎の旧家。なんというか美夕さんに相応しい響きだ。

「私は四人姉妹の三番目で二人のお姉ちゃんがいるんだけど、明るくて美人で」

「お姉さんが二人も」

明るいのは想像できないけど、美夕さんのお姉さんなら美人だろう。

「お姉ちゃんたちは今の私よりも若かった頃から、お父さんの友人や仕事のおつきあいの息子さんたちと婚約していたの。最近では妹もね」

田舎は既得権益が都会以上に強いから有力者同士でそういう結びつきもあるのかもしれない。

僕には、まったく、一切、みじんも関係ない世界だ。

「でもお父さんは、私には誰の話も持ってこなかったの」

「どうしてだろう」

こんなことは言えないけど、政略結婚なら美夕さんは相手に喜ばれるぞ。

お淑やかで、美人で、優しい。

「そんなの決まっているじゃない。私が暗くて不細工だからだよ。一番上のお姉ちゃんは美夕はお父さんに愛されているから家に置いとくのよって、慰めてくれるんだけどね」

えええ？　不細工だからってのは違うんじゃないだろうか？

美夕さんは美人だし、可愛いよと言ってあげたいが、彼女を作ったこともない僕には勇気が出ない。

「だから諦めていたの。お姉ちゃんたちや妹は婚約した人の話を楽しそうにしていたり、家に遊びに行ったり、向こうからきたり」

美夕さんの気持ちが痛いほどわかる。僕も彼女なんてできないと最初から諦めているタイプだ。彼女どころか友達さえいないし。

「でも、本当はお姉ちゃんたちや妹が羨ましかったんだわ」

そりゃ羨ましいよね。

僕は知らずにうんうんとうなずいてしまった。

「私は千春おばあちゃんが大好きだから」

え？　なんで婚約者がいるお姉さんたちが羨ましいって流れで、僕のおばあちゃんの話になるの？

「お父さんの古いお友達の千春おばあちゃんから孫のトオルをよろしくって言われた時、本当に嬉しかったの」

な？　美夕さんのお父さんと千春おばあちゃんって知り合いだったのか？

いや美夕さんの誤解ってひょっとして僕を……。

「だから会う前からおばあちゃんにトオルくんの写真をもらったりしていたの」

そういうことか。美夕さんは僕のことを、美夕さんのお父さんと僕のおばあちゃんが決めた婚約者だと思い込んだんだ。

「写真を見ながら早く会いたいなって思っていた」

美夕さんが僕のことを最初から下の名前で呼んだり、距離感が近かったり、写真を持っていたりした謎がすべて解けた。

「でも、ただの誤解だった。おばあちゃんは木野くんや姫子先輩にもトオルくんのことをよろしくねって言っていたし」

木野先輩や会長も、千春おばあちゃんから僕のことをよろしくと挨拶されたと、昨日の夕食前に会長が言っていた。

今思えば、あの後の夕食の時の美夕さんの様子が変だった。

「トオルくんはなにも聞いてなかったんでしょ？」

「う、うん」

「私、馬鹿みたい。気持ち悪かったでしょ……」

僕は気持ち悪かったということを否定する代わりに、トンスキホーテで買ったものを美夕さんに手渡した。

「え？　なに？　髪留め？」

「美夕さんにプレゼント」

「プ、プレゼント？」

「うん」

なかなか渡せなくてポケットにあったものだ。

「あ、ありがとう。でもどうして髪留め？」

「み、美夕さんは美人だから顔を出したほうがいいかと思って」

主目的は小さな声を聞き取ろうとして買ったものだが、美人だから顔をだしたほうがいいとも思っている。

「び、美人って……からかっているんでしょ？」

「プレゼントを買ってまでからかったりしないよ」

「だって昔からみんな私を怖いって。友達もいないし」

「美夕さんの顔を出したら美人でみんなびっくりするよ。友達なら僕もいないしね」

美夕さんが僕から離れて急に立つ。

「トオルくんは美的感覚がおかしいんだよ」

「そ、そんなことないと思うけどな」

「いーや、おかしい。婚約者じゃないからハッキリ言っちゃうね。でも友達にはなってくれる？」

美夕さんが笑顔でそう言いながら手を伸ばす。

僕はその手を取りながら立ち上がる。

「あのクラスに、やっと友達が一人できたよ」

よろしくねと誤解の元になった言葉を言いあう。

「そろそろ約束したお昼の時間だ。帰ろうか？」

「うん」

二人で笑いながら木の根をくぐって通路に出た時だった。

「ねえ。二人が話しているのはモンスター語よね？」

部屋を出た通路の左手から声をかけられる。

黒革の三角帽と黒革のマントを羽織った若い女性だった。

ファンタジーゲームの魔法使いのように見える。

「ど、どうして感知できなかったの？」

僕は動揺する美夕さんの腕を取って回れ右して逃げようとした。

ところが……。

「逃げないでください」

なんか女騎士って感じの人が両手を広げて道をふさいでいた。

先ほどの部屋に戻っても、ここ以外の出口はないので結局袋小路だ。

美夕さんを引き寄せつつ、どちらかの横を走り抜けられないかうかがう。

「どうして逃げようとするの？」

魔法使いっぽい人が聞いてくる。

カタコトだがちゃんと聞き取れる日本語を話していた。

彼女たちにとってはモンスター語か。

しかし、スキはない。

どうして美夕さんのスキルで感知できなかったかわかってきた。

この二人は今まで会った冒険者よりもはるかにレベルが上なんだ。

「アンタたち、用心棒ギルドとかいうヤツらじゃないのか？」

「あんなヤツらと一緒にしないでよ！」

「ち、違います」

違うのか？　反応にも嘘くささはないが、僕は美夕さんを抱えている。

簡単に信用することはできない。

「どうして逃げようとするって聞いたな？　こっちも聞きたい。どうして追ってくる？」

この冒険者たちは僕たちが部屋に隠れる原因になった二人の女性に間違いない。

だとしたら僕たちを追ってきている。

「話が聞きたいからよ」

「そうです」

話？　なんの話かはわからないけど、そう言うなら……。

「話が聞きたいなら、武器を地面に置いてくれ」

「慎重なのね。いいわよ。アリア」

「はい」

女魔法使いと女騎士が、それぞれ杖と剣を置く。

信用してもいいのだろうか。

「私はディート。そっちの堅物そうなのがアリア。アナタたち名前は？」

「鈴木」

「え？　すず……なに？」

異世界人にはスズキというのが発音し難いのかもしれない。

「トオルでもいいですよ」

「トールね」

「で、聞きたいことって？」

「モンスター語を話す男一人女二人の三人組パーティーを探しているの」

げっ。それ僕とシズクとマミマミさんじゃないか？

第五章　女魔法使いディートと女騎士リア

「どうして、その三人を？」

「それは話せないわ」

どうして僕らを探していたのだろう。

それがわからないと、この人たちが敵なのか味方なのかわからない。

さらに誰から僕らのことを聞いたのだろうか。僕らのことを知っているのはダンさんとそのパーティー、ドルガスとそのパーティーか。

ってことは、やっぱりこの二人はドルガスの仲間って可能性もあるぞ。

「トール。その三人のこと知っているんじゃないの？　変な格好をした三人組で、やっぱりモンスター語で会話していたって聞いているわよ」

ぐっ。その中の一人がまさしく僕とバレるのも時間の問題だぞ。

そうだ！

「知っているよ。何処にいるかも知っている」

「本当？」

「ああ、用があるなら連れてくるからここで待っていてよ」

アリアと呼ばれた女性が、どうするという表情で、ディートと名乗った女性を見た。

「一緒に行くわ」

「場所は教えられない」

「何故？」

「冒険者なら商売上教えられないスポットもあるだろ」

あるといいな。そういうところ。

日本人の僕は冒険者に詳しいわけではない。

けれども冒険者は自分の得意としている狩場とか素材が収集できるスポットを持っているのではないだろうか。

もちろん、それは嘘でマミマミさんを連れてくるだけだけど。

「まあ、あるわね」

よし！

「だから僕らが連れてくるから待っていてって」

「アナタたち逃げたでしょ。逃げる気じゃないの？　信用できないわ」

ふふふ。これも想定済みだ。

「なら、こうすればいい。僕はここでディートさんとアリアさんと待ちます。彼女、美夕さんが一人で連れてくる」

つまり、僕が人質になって、その間に美夕さんにマミマミさんを連れてきてもらうという作戦だ。

ディートとアリアが顔を見合わせる。

「いいわ」

僕を置いていけないよと目で訴える美夕さんに、こちらもマミマミさんを連れてきてと目で伝える。

マミマミさんがいれば、この二人がいくら熟練の冒険者でも楽に勝てる。

意図を理解した美夕さんがディートの横を走り去る。

「トール」

急にディートがニッコリと笑う。

「な、なに？」

不気味だ。

「自分が人質になって女の子を逃がすなんてやるわね」

「え？　人質ってやっぱり僕を痛めつけるのか？」

「やーね。そんなことしないわよ。純粋に褒めたのにひどい。ねぇ？」

ディートがアリアに聞く。

「はい。ちょっと感動しました。それに安心してください。私たち本当に悪者じゃないですから」

信じたいけど悪者は自分のことを悪者って言わないからな……。

「ま、とりあえず立ってないで座りましょ。私たちも座るから話しあいましょう」

どうせ僕の作戦はマミマミさんを待つだけだ。

時間稼ぎできるなら願ってもないと、素直に座ることにした。

彼女たちは僕に気を使ったのか自分の武器から少し離れたところに座った。

段々とそんなに悪い人たちでもないのではと思えてくる。

「ねえ。トールには信じられない話をするかもしれないけど聞いて欲しいの。私たちがアナタたちを追った理由も話すから」

「聞くよ。でも、さっきは三人を追っている理由を教えてくれなかったじゃない」

ディートはさっき、僕たちを追った理由を話せないと言った。

「今なら話してもさっきの女の子が三人を連れてくるでしょ。最悪、もしこなかったとしても、アナタという情報源もあるし」

「そう。それで聞いて欲しいっていうのは？」

やっぱり僕は人質らしいが、事情は話してくれそうだ。

「私たちは危険なモンスターを討伐しようとしているの」

「危険なモンスターの討伐？」

「そのモンスターは人間を騙すの。騙されている人にそれを言っても、魅了されてる時があるの」

なるほど。魅了されている僕がモンスターを匿うだろうと思ったってことか。

つまり美夕さんがそのモンスターを連れてくるだろう今なら話せるってことか。

え？　ひょっとして。

「そのモンスターってどんな？」

「人に化けて、夜に本性を現して人を食らう……人狼よ」

人狼かぁ。気をつけないとな。

って、それやっぱマミマミさんじゃないのか？

もちろんマミマミさんが悪いモンスターということはない。

誤解だろう。

「今年だけでも村がいくつも滅ぼされました」

アリアさんが悲しそうに言う。

なるほど。おそらく、ほうほうの体で逃げ出したドルガスが、危険なモンスターにやられたと通りすがり冒険者に吹いて、人狼とやらと勘違いされたのだ。

「トールのことは魔法でステータスチェックさせてもらったの。人狼ではないけど、もう魅了されているかもしれないわ」

「マミマミさんはそんなに悪い人じゃ。いやそんなに悪い狼じゃ……」

「やっぱりアナタ人狼を知っているのね。そしてもう魅了されている！」

「いや魅了なんかされてないって。お腹を出して大の字で寝る人だよ。魅了されるほど……、いや可愛いところもあるんだけどさ」

誤解を解こうと説明していると、遠くから声が聞こえた。

「トオル～助けにきたぞ～！　そいつらが悪い冒険者だな！」

なんという間の悪さ。

「い、いや、この人たち、そんなに悪い冒険者じゃな……」

僕が説明しようとした瞬間、ディートさんとアリアさんが目にも留まらぬスピードで武器を拾い上げて構えた。

「アリア！　ステータスチェックの魔法も効かないほどの強敵よ！」

「わかっています！　ディートさん！」

いや、アンタらはなにもわかってない！

「昨日は追っ払っただけだったが、トオルをいじめたからには痛い目を見てもらうぞ」

いじめられてもいないです！

マミマミさんがこちらに走りながらYシャツを脱ぎ捨てパンツ一枚になる。

見覚えのあるボクサーパンツだ。

「ちょっ誤解が深まるから巨狼にならないで！　後、僕のパン……」

もう巨狼になっていた。パンツはダメだろう。

ディートさんは一瞬、驚愕の表情をしながらも詠唱をしている。知らないけど多分魔法の詠唱だ。

「スペルルーツバインドォ！」

魔法名とともにそこら中にある木の根が四方八方からマミマミさんに絡みつく。

「アリア！」

「任せてください！　たあああああああ！　メテオスラッシュ！」

アリアさんが飛び上がり洞窟の天井まで破壊しながら、巨狼になったマミマミさんの鼻に剣を叩き込んだ。

発生した衝撃波で僕は転がってしまう。

「ううう。なんて連携のいい冒険者なんだよ。間が悪い。マミマミさんは大丈夫か」

さすがのマミマミさんでもあの連携であの攻撃を受けたら……。

腹ばいの体勢から顔を上げる。

ところがマミマミさんは微動だにしていなかった。

代わりにとても怒っている。

『今のはほんの少しだけ痛かったぞ』

願いが叶う七つの球を集める漫画に出てくる宇宙の帝王みたいな台詞言っているし。

これじゃ完全に悪役だ。

マミマミさんは体を縛っている根を千切って、ディートさんとアリアさんを一にらみする。

「そ、そんな！　体が動かない。瞳術？」

「し、真銀の剣の一撃で無傷なんて……」

二人は動けなくなってしまったようだ。

『軽く噛んでやるぅ！』

「うううううぅ」

「あああああぁ」

マミマミさんの大口が二人に近づく。
マ、マズイ！
マミマミさんが軽く噛んだらディートさんとアリアさんがご飯になってしまうかもしれない。

走り込んで二人にタックルする。

幸い二人が固まっている距離が近かったので二人とも僕の下に押し倒すことができた。

二人を体で守りながら顔だけマミマミさんのほうを振り向く。

「タイム！　ターーーイム！！！」

『タイム？　タイムってなんだ？』

「とにかく噛むのはやめてください！　この二人そんなに悪い冒険者じゃないってか、むしろ良い冒険者っていうか」

『なに？　例の用心棒ギルドって聞いたぞ？』

体の下でアリアさんが言った。

「用心棒ギルドじゃないよぉ」

「ほら、用心棒ギルドじゃないって言っていますよ」

まだマミマミさんは納得してない様子だ。

『でも、お前のパンツを破ったぞ』

それはマミマミさんが破ったんじゃないか。

「まずは話を聞きましょうよ。人間型になってください」

『お前が言うなら……仕方ないな……』

マミマミさんが人型になる。

美夕さんがYシャツを持ってきて着せた。

「ふ～危ない危ない。マミマミさんは人狼じゃないですよ」

二人に話しかける。

「た、確かに人狼ではないみたいね。でも、あんなモンスターを説得して……アナタすごいのね」

「ほ、本当に助かりました」

危うく惨劇が起きるところだった。

けれども二人が顔を赤らめてもじもじしている。

何処か痛めたんだろうか。

「も、もう守ってくれなくていいわよ。ありがとう」

「わ、私たちもう動けるようですし、その……」

やばい！

よく考えたら二人を組み伏せていたのだ。

すぐに飛び起きたが、マミマミさんがしらっとした目で見ていた。

◆　◆　◆

「ちゃんと見ているのか？」

マミマミさんの鼻先を見ている。綺麗な白い鼻だ。

衝撃波が発生するような剣撃が当たったとは思えない。

「見ていますよ。ちょっと赤くなっているだけで血の一滴も出ていませんよ」

本当は血どころか赤くすらなっていないけど、赤いと言わないと納得しないだろうから言っているだけだ。

「もっとよく見ろ」

「そんなに顔を近づけないでください。そんなに気になるなら回復魔法をすればいいじゃないですか」

「はっ。トオル、頭いいな！」

「どーも」

マミマミさんの回復魔法にディートさんが驚く。

「ふ、復元系回復魔法？　まさか本当にフェンリルの一族なの？」

「ディートさん、本当かもしれないですよ。人狼に特攻がある真銀の剣が効かないから少なくとも人狼ではありません」

「そうね」

「か、神様の一族に手を出すなんて……許してくださ～い」

アリアさんが泣き声で何度も頭を下げる。

僕は手を振った。

「もう許していますから、気にしないで」

「許してない！」

「ひいっ」

マミマミさんが怒るとアリアさんが短い悲鳴をあげる。

「では、どうしろと」

「う～ん」

ディートさんの質問にマミマミさんが考え込む。

僕は一計を閃く。

「そうだ。二人は高レベルの冒険者なんですよね。それなら食肉として美味いと言われているモンスターを三ヶ月ぐらい毎週末に狩ってきてもらうというのは？　それを僕が料理しますよ」

「おお、それはいい」

「神様への捧げ物です」

「トオル、やっぱり頭いいな！」

アリアさんは笑顔になったが、ディートさんが面倒臭そうな顔をする。

どうやらかなりの面倒臭がりのようだ。低血圧そうだしな。

ディートさんの耳元で小さな声を出す。

「気に入るような捧げ物なら、神獣に取り入ることができるかもしれないよ。それにモンスター狩りはアリアさんが喜々としてやってくれるんじゃないの？」

「な、なるほど。トールは頭いいわね」

やっと話がまとまりそうだ。

「もう一つ条件をつけさせてもらう」

ところがほっとしたところでマミマミさんがなにか言い出した。

「もう一つ？　条件って？」

ディートさんは明らかに警戒している口調だ。

マミマミさん……またややこしくして。

「このトオル。筋はいいが、冒険者としてはまだまだ駆け出しでな」

え？　急に僕の話？

「そうみたいですね」

「お前たちの実力は十分だから、トオルのダンジョン探索につきあっていろいろ教えてやれ。真神のワシは人間のスキルのことなどわからんことも多いからな」

え？　えええ⁉

「トールに教えればいいのね？　ちょっと興味あるし、いいわよ」

「はい！　喜んで！」

ディートさんとアリアさんが快諾する。

い、いいのか？　冒険者についていろいろ教えてもらえるのはありがたいけど。

「アリアは豚の魔物でも狩ってなさいよ！　トールには私が教えるから！」

「なんでですか！　普段はパーティーだって組まないくせに！　私がトール様に教えます！」

なんか喧嘩がはじまったぞ。

そういえば、この二人さっきも喧嘩しながら僕らの横を通り過ぎたよな。

「そういや腹が減ったな。そろそろシズクとキノコ頭が飯を作っている頃なんじゃないか？」

マミマミさんのお腹の音を聞きながらスマホを見る。

「あ、しまった。もうこんな時間だ」

木野先輩と約束したお昼ご飯の時間をすっかり忘れていた。

◆　◆　◆

「ええっ？　異世界人のフリをするのでござるか？」

「はい。ディートさんとアリアさんっていう異世界の人がくるんですよ」

話の流れでディートさんとアリアさんも一緒に昼飯を食べることになってしまった。

僕だけ先にキノコ部屋に戻り、木野先輩に異世界人のフリをしてくれと頼んでいる。

「ご飯はシズクちゃんとキノコカレーを多めに作ったから大丈夫だけど……異世界人のフリってどうすればいいんでござるか？」

カレーは鍋ごと、ご飯はおひつごと、食堂から持ってきたようだ。

確かに量は問題ないけど、あんまり異世界っぽくない料理だ。バレないかな。

「僕だってわかんないですよ。適当にそれっぽく装ってください」

ちょうどその時、鉄の扉が叩かれる。

「開けろ～開けろ～飯を食わせろ～」

マミマミさんだ。

ディートさんとアリアさんもきているのだろう。

「はいはーい！　今、開けま～す！　じゃ、そういうことだから木野先輩もシズクも頼むよ」

「わかりました！」

「な、なんとかやってみるでござる」

シズクは元気な返事をしたが、木野先輩は頼りにならない返事だ。

不安になりながら部屋の内側にあるボタンを押すと鉄の扉が上がっていく。

ディートさんの驚いた顔が見える。

「キノコを栽培しているの？　ダンジョンで？」

そ、そうなるよな～。

「キノコに興味があるんでござるか？」

木野先輩がディートさんに寄っていく。

「え？　ま、まあ」

ディートさんはキノコに興味があるというよりもダンジョンにこんな施設があることに驚いているんだろう。

キノコ栽培に使っている機材だって、異世界人的にはレアなアーティファクトに見えてもおかしくない。

ん？　待てよ！　これだ！

「そうなんですよ～木野先輩。ディートさんもアリアさんもキノコの話がだーい好きで」

「え？　別に……」

「私も嫌いではないですけど……」

ディートさんもアリアさんも曖昧な返事をするが、木野先輩は水を得た魚のようになった。

自分の趣味を他人に話すのは気持ちいいけど、木野先輩は特にこの欲求が強いようだ。

「先輩よく教えてあげて。キノコのことを」

「任せろでござる。ささ、お二人はこちらへ。このえのき茸を見てください」

いいぞ。キノコ話に足止めされている間に二人のカレーを用意する。

二人にはなにか気づかれる前にさっさとカレーを食べてもらって帰ってもらおう。

「ささ、どうぞどうぞ」

「え？　変わった料理ね。何処の食事なのかしら？」

ディートさんがすかさずカレーについて聞こうとするも。

「ディートさんのカレーの真ん中に入っているヒラタケはそこで栽培しているやつですよ」

アリアさんが苦笑いしながら一口食べる。

「これ辛いけどすっごく美味しい」

「ですよねですよね。キノコって出汁が出るんですよ」

二人のことは木野先輩に任せてゆっくりカレーを食べることにした。

カレーを食べながら落ち着いて二人を見ると、まさにファンタジー世界の住人だった。

ディートさんは魔法使い。アリアさんは女騎士。

見た目はディートさんは美人で、アリアさんも美人だけど可愛らしさもある感じだろうか。

美夕さんやマミマミさんにも劣らない。

ん？　ディートさんの耳……尖っているぞ。

「ディートさんってエルフ？」

「ん？　そんなに珍しい？　私はハイエルフだけどね」

め、珍しいというか見たことがない。

異世界では普通なのか。

「え？　エルフ？　はじめて見たでござる。エルフもキノコを栽培します？　森の種族って感じですものね」

や、やばい。木野先輩が口を滑らせた。

しかも、そのことに気がついていない。

「エルフを見たことないの？　このダンジョンの地下街にだって一杯働いているじゃない？」

ええ。そうなの？　エルフが地下街で働いているの？

って、そんな場合じゃない。僕たちのことがバレそうだぞ。

「う、あ、えーと」

木野先輩は見事に言葉に詰まっている。

「この椅子も見たことないわ」

自分が座っている椅子を見れば、ところどころクッションに穴が空いたパイプ椅子だ。

きっと学校の捨てられた備品を木野先輩が回収したんだろう。

「それとその子……あまりに変わった格好をしているからステータスを見ちゃったんだけど」

ディートさんがシズクのほうを見る。

あ。シズクは僕らの中でもディーバロイドの未来的な服装をしている。

異世界人にはもっとも特異に見えただろう。

「絶滅したはずの白スライム族じゃない。どうなっているの？　アナタたち、ずーっとモンスター語を使っているし」

ど、どうしよう。

「トオルとレイコとキノコ頭は日本人だよ」

マミマミさんが普通に言ってしまった。

「なんで言っちゃうんですか？」

「もう隠せないだろ」

確かにそうか。一緒に食事をしても二人はよさそうな人だし、異世界人の情報源があってもいいかもしれない。

「どうしてもと言うなら強制的に記憶を奪う魔法もあるが使うか？」

「いや、それはいいですよ」

僕とマミマミさんが話をしていると、アリアさんがさも不思議そうな顔をする。

「ニホン人？　何処の地方の方ですか？」

アリアさんは日本を何処か異世界の一地方と思ったらしい。

「ニ、ニホーン人ってあの伝説の？」

知っていたのはディートさんのほうだった。

「ディートさん。知っているんですか？」

「ニホーンは神話の時代の理想郷の一つよ。私たちの住む世界の争いから逃れて、人間とモンスターが仲よく、平和に暮らしていると言われているわ」

「す、素晴らしい場所ですね！」

ディートさんとアリアさんの話を聞いて、そうでもないんだよなあ、と思ってしまう。

ニホンオオカミとか全滅しちゃったし。

とにかく異世界ではシズクの話でも理想郷になっている。

「ただ伝説にはゲートを管理する強大な力を持つ一族が最終的には行き来をさせなくしてしまっ

たとあるけど」

「まあ、その伝説は……一部、っていうか結構間違っているよ。ゲートは今もあるしね」

そこらのオンボロ学生寮に。

隠すのを諦めてそう言うと、ディートさんが僕を見つめる。

「え？　なに？」

少し金色がかった美しいグレーの瞳で見つめられると緊張してしまう。

「ひょっとしてトールは……まあ、いいわ」

「なんですか？」

「ん〜ん、なんでもない。悪いことじゃないから、むしろいいことよ」

ディートさんが微笑む。

僕にはなにを言いたいのかわからなかった。

「ニホーンかぁ。行ってみたいなあ」

アリアさんが無邪気に言う。

流行りのオシャレなカフェに行ってみたいなというようなノリだ。

「トール、私もニホーンに行きた〜い」

ディートさんもそれに乗っかってくる。喧嘩友達のアリアさんに、アンタなんてことを気軽に頼むのよという顔を一瞬したのを、僕は見逃していない。

この人は無邪気とは言えない気がした。

「いや〜それは、ちょっと」

「いいではないか」

僕が断ろうとするとマミマミさんが勝手なことを言う。マミマミさんの腕を摑んでキノコの棚の陰に移動する。

「また適当なことを」

「口止めするのに見せないというわけにもいくまい」

「うーん。まあそうだけどさ」

「いいか。まずはアリアという女は単純に伝説の国を見てみたいというような、その場の雰囲気で言っておる」

「そうみたいですね」

「ディートは計算高い。損得がしっかりしておる」

肯定を口にはしないが、同意見だ。

「なら見せればいい」

「どうしてですか？」

「ディートの場合は日本の情報が利益になると思ったほうが、他人に話さんだろ？」

確かにそうだ。商売上の秘密は話しそうにない。

でも、それなら小出しにしようかな？

みんなのところに戻る。

「それで連れていってくれるの？」

ディートさんが目を輝かせている。

「今度、いろいろ準備してからご招待しますよ」

「え～いつ？」

「来週かな？　どうせ食肉になるモンスター持ってくる約束でしょ」

土日ならアルバイトだから会長が寮にいない。

「ぶ～」

マミマミさんを見るとそれでいいとでも言うように笑っていた。

カレーを食べ終わる。

「カレーはニホーンの料理なんですね。美味しかったあ。三杯もお代わりしちゃいました」

アリアさんがカレーを褒めてくれる。

「アリアは食べすぎよ」

ディートさんも二杯食べていたような。

「美味いが肉をもっと入れて欲しいなあ。キノコばっかりでかなわん」

「え～、これでも少なめにしたんでござるが」

マミマミさんと木野先輩は肉とキノコの量で揉めていた。

これはもはや神学論争だろう。

「ところでこのカレーはシズクが作ったの？」

「はい！　ネットで作り方を木野様に見せてもらって作りました！」

それでこの美味しさか。

シズクはすぐに料理をなんでも作れるようになりそうだ。

「さてご飯も食べ終わったし、僕は夕飯を準備する時間までレベルアップしに行こうかなあ」

「仕方ないなあ。私がついていって、いろいろ教えてあげるわね」

「仕方ないならディートさんは教えなくていいです！　トール様には私が教えてあげますね」

ディートさんとアリアさんの言い合いがまたはじまった。

この二人、仲が悪いのになんでパーティー組んでいるんだろう。

「私もいい？」

「うん。もちろん」

美夕さんも行くようだ。レベルを上げたいのだろうか。

シズクは片づけもやってくれるらしく、マミマミさんはだらだらしたいらしい。

◆　◆　◆

「えい！」

オオアリの頭に金属バットを振り下ろす。なんだか恒例行事のようになってきた。

「びっくりした。神獣様も言っていたけど筋いいわね。魔法系の私でもわかるわ。どうアリア？」

「ええ。前衛の私もそう思います。すぐに冒険者パーティーの中核になれますよ」

ディートさんとアリアさんから褒められる。

「それにその武器」

「え？　金属バット？」

「その金属バットっていう武器はステータスから考えて攻撃力１１０でしょ？」

「ディートさん。確かに１１０ですけど、あんまり勝手に人のステータス見ないでよ」

「ごめん、ごめん。でも、トールのステータスを見れば、いろいろと正確に教えられるじゃない」

「そりゃそうだけど。ん？　ど、どうしたのアリアさん？　体調でも悪いの？」

アリアさんは地面に四つん這いになってうなだれていた。

「ちょっとショックで」

「ショック？　なにに？」

「その、ただの鉄棒のような武器が、私の真銀の剣と攻撃力が5しか変わらないことに」

ディートさんが耳元でこっそり教えてくれる。

「彼女の剣、昔、仕えていた大貴族から賜った業物（わざもの）なのよ」

あ、あぶねえ。廃棄されていたスポーツ用品で、日本では珍しくもないとか教えそうになっていた。

「いえ、きっと金属バットはトール様がニホーンで苦労の果てに手に入れたものなのでしょう」

ひょっとしたら、立ち上がれなくなっていたかもしれない。

アリアさんがよろよろと立ち上がる。

うん。本当のことを言ったら間違いなく立ち上がれなくなっていたね。

「ところでトール様。私のことはさんづけじゃなくてリアって呼んでください」

「え、リア？」

「はい！　親しい人はみんなそう呼んでくれます。ディートさんはアリアって呼びますけど」

親しい人はリアか。いいね。

「だって私は親しくないもの」

「私もディートさんとは親しくありません！」

またはじまった。

「ちょっとリアもディートさんもいい加減に」

「トール！」

「え？　なに、ディートさん」

二人の言い争いを止めようとすると、ディートさんから急に大きな声で呼ばれる。

「……その、あの」

「な、なんですか？」

歯切れが悪いし、ディートさんの顔がなんだか赤い。

「わ、私もディートって呼んでいいわよ」

「……」

「呼んでよぉ～」

すがりつくように懇願してくる。

「わ、わかったよ。ディートディート」

「なにその言い方！　もうなにも教えてやらない！」

ディートさんがへそを曲げてしまった。

「ディートさんはトール様にもう教えないんですね。そしたら私が教えます」

すかさずリアが攻撃する。

「アリアは魔法で他人のステータス見られないじゃない。適切なアドバイスできないでしょ？」

「でもディートさんは教えないんでしょ。それなら見ることができても意味ないですよ」

本当に、どうして、この二人はパーティーを組んでいるんだろうか。

後ろからつんつんと背中を突かれる。

「美夕さん？　え？　うん、わかったよ」

美夕さんはディートさんにステータスを見てもらいたいらしい。

「ディート」

「ん？　なにトール？」

ディートと呼ぶと嬉しそうに返事をした。

「ちょっとステータスを見て欲しいんだってさ」

「はいはーい。ステータスを見ればいいのね」

ディートが機嫌よく返事をする。

「美夕さんが」

「え？　この子が？　いいけど……」

【名　前】美夕麗子(ミユウレイコ)
【種　族】人間・吸血鬼
【年　齢】１７
【職　業】斥候
【レベル】２／４９
【体　力】２２／２２
【魔　力】６１／６１
【攻撃力】１２
【防御力】２４２
【筋　力】１２
【知　力】６１（＋１０上昇中)
【敏　捷】６２
【スキル】無音歩行ＬＶ１／１０
敵感知ＬＶ１／１０

「す、すごい防御力ね。その服……」

ディートは防御力に驚いているが、その防御力のほとんどはストッキングなんだけどね。

美夕さんは学校で制服を着る時に限らず、スカートと黒ストッキングという組み合わせが好きらしい。

「あの、防御力の他に気になるところはありませんか？」

「気になるところ？　うーん。冒険者をするなら斥候はいい職業よ」

「他に気になるところは？」

「え、うーん。このレベルにしてはかなり数値がいいわね」

「【種　族】は？」

なるほど。美夕さんは食後はほとんどレベル上げをしていない。

自分の【種　族】が人間と吸血鬼であることについて聞きたかったのだ。

「あ～そういうことか。安心して。珍しいことじゃないわ」

「この世界ではですよね？」

「そうね。でも、ニホーンのことはわからないけど、そもそもニホーンってステータスを見ないで生活しているんでしょ？」

「はい」

「だったら、なおさら気にする必要ないでしょ」

「どういうことですか？」

「ステータスの数値やスキルに吸血鬼の特徴が現れてないもの。つまりアナタはステータスの【種　族】を見ない限りは人間ってことよ」

ディートの意見は明快だった。

「吸血鬼の血は何十世代も前のごくうすーいものね」

血が薄いという意見もマミマミさんと同じだった。

「美夕さん、安心した？」

「うん。ありがとうございます」

どうやら安心してくれたようだ。

「まあ、ひょっとしたらすこーしは祖先の記憶みたいなものがあるかもしれないけどね。精神的なもので実質的な影響はないわ」

美夕さんが少し考え込む。

なにか思い当たることでもあるんだろうか。

「美夕さん？」

「ん。ああ、トオルくんのレベル上げようか」

美夕さんは笑顔になる。

「ディート、レベルを簡単に上げる方法ない？」

「レベル上げはそのレベルにあったモンスターを探してコツコツ狩るしかないわ」

「えー」

「レベル上げに近道なしってことわざもあるの」

学問に王道なしみたいなものか。なにか近道がありそうな気もするけど。

「まあ頑張るしかないか」

「私も魔法でモンスター探してあげるから」

美夕さんとディートとリアが応援してくれる。ならガンガン狩るか。

第六章　キミがためのレベル上げ

あれから四時間、本当にレベルが上がらなくなってきた。

もう五十四以上オオアリやらお化けキノコやら青スライムやらを狩っている。

つきあって応援してくれている三人にもう1レベルぐらい上がったことを報告したかったけど、そろそろ夕食の準備をしないといけない時間だ。

「じゃあ来週またここにきますね」

リアが元気に言った。

「うん、リアまたね。ディートも」

「トール、【職　業】管理人のことは珍しい職業でよくわからないんだけど」

ディートはなにか最後にアドバイスをくれるようだ。

「ゲート管理のスキルレベルが上がったら、なんとなくこんなことができそうだなって思える時があると思うわ。他人が教えられないようなスキルはそうやって使っていくものよ」

「わかった。来週まで二人がびっくりするぐらい成長しとくよ」

さてと帰ろうかな。

「美夕さん、僕らもこはる荘に帰ろうか。え？」

しばらくディートとリアの後ろ姿を見てから、美夕さんを振り返る。

いつも彼女の顔を隠している長い黒髪がサイドに留められていた。

「ディートさんとアリアさんが帰ったから髪留めを使ってみたの」

お、驚いた。幽霊感がゼロだぞ。

よく見れば、幽霊感もあるんだけど、白い顔があまりに輝いているように見えるからそちらに気を取られない。

「あ、あまり見ないで。恥ずかしいから」

「ご、ごめん」

「似合ってないと思うけど、トオルくんから貰った宝物だし使うね」

美夕さんが恥ずかしそうに目を伏せる。

似合っているけどな。それに宝物ってほどでは。

「トンスキホーテで数百円のものだよ」

「でも私にとっては思い出になると思うんだ」

思い出というのも大げさだけど、言い回しも少し気になった。

「思い出って」

「あ、トオルくん。お化けキノコ！」

美夕さんが指差した先にお化けキノコがいた。

無意識に金属バットで叩いて一撃で倒す。

「もう癖になっちゃったよ」

「ふふふ。みたいね」

美夕さんが笑うと同時に体から力が溢れ出る。

「おおおお、この感覚は！　ついにレベルアップだ！」

「やったね。おめでとう」

「ん？」

「どうしたの？」

こ、これは！

「マ、マジか⁉　なんだかめっちゃすごいスキルが使える気がする！」

そういやディートが、ゲート管理のスキルレベルが上がったら、なんとなくこんなことができそうだと感じる時があるかもって言っていた。

「どんなスキルなの？」

「あ、まだ準備が必要なスキルなんだ。本当にできるか試したいし」

「そうなんだ。残念」

言わなかったのはこのスキルは発動するために準備が必要ということもあるけど、美夕さんをちょっと驚かせたいからだ。

◆　◆　◆

「レイちゃん、その髪型どうしたの⁉」

食堂にきた会長が美夕さんの姿を見て驚く。

「トオルくんが髪留めをくれたのでつけてみました。やっぱり変ですか？」

「変じゃないよ！　すごく可愛い！　鈴木くん、やるね～」

会長にひじで突かれてしまう。

「美夕さんとは同じクラスだし、いろいろとお世話になっているし」

「でも女の子をこんなに可愛くしちゃうなんてなかなかできないよ。好かれているね～」

僕だけならいいが、美夕さんも恥ずかしそうにしている。

「か、会長。いただきますをしてから話そうでござる」

木野先輩が止めてくれた。

一年間、会長とつきあっているだけのことはある。

「あ、そうね」

ご飯大好きの会長はすぐに席に着いた。

「いただきます」

今日も僕の作ったご飯をみんなは美味しいと食べてくれる。

「ところでレイちゃん」

会長が四杯目のご飯を食べるところで美夕さんに話しかける。

「やっぱりレイちゃんも明日の鈴木くんの歓迎会こない？　きっとみんなでカラオケ楽しいよ」

美夕さんは見た目ほど内向的な人ではない。

ダンジョン探索にもつきあってくれるし、初見の人とも話せる。

理由もなくカラオケ会を断っているわけではないと思う。

だとすると、難しいのではないだろうか。

「はい！　いろいろ考えたんですけど、なんとか行けるように頑張ってみます！」

美夕さんは予想に反して行くのか？

「ホント⁉　私、休日に遊ぶの久しぶりだからレイちゃんもきてくれて嬉しいよ」

会長は美夕さんが好きなんだな。

歓迎会に行く行かないの件では少し気マズいムードになっていたので、安心した。

後でゲート管理のスキルを試してみよう。

◆　◆　◆

夕食後、そろりそろりと廊下を歩いて美夕さんの部屋に向かう。美夕さんの部屋をノックする。

美夕さんに話がしたいと呼ばれているのだ。

「どうぞ」

「お邪魔します」

夕食後、ゲート管理の新スキルを美夕さんに見せるためにずっと準備をしていた。

ちょうど終わったところに話がしたいから会えないかと、美夕さんからライメのチャットがあったのだ。

「マミマミさんは？」

「真神の間で寝ているよ」

え？　僕はマミマミさんに呼ばれたのかと思っていた。

美夕さんの用事だったのだろうか。

まあ美夕さんに新しいスキルを見てもらいたいので都合はいい。

美夕さんに例の洋室風に模様替えした和室にうながされる。

どうやらニュース番組を見ていたようだ。

ちょうど天気予報をやっていた。

彼女がそれを少し見てから消す。

「どうぞ。座って」

美夕さんが僕に学習椅子を勧めてくる。

本人はベッドに座るようだ。

その時、僕は気がついた。

ベッドの上に白い人形のようなものがビッシリ並んでいることを。

「美夕さん！　お尻！」

「ん？　あっ」

美夕さんは人形を下敷きにしてしまった。

けれども、あまり慌てた様子はない。

「実はてるてる坊主を作っていたんだけど潰しちゃった」

「てるてる坊主？」

「うん」

美夕さんは一つ手に取って見せてくれた。

可愛い顔が描いてある、てるてる坊主だった。

ひょっとして明日のカラオケ会のために？

スマホで天気予報を見る。明日は快晴のようだ。

もし明日のためなら心配性だなあと思うのと同時に嬉しくもある。カラオケ会は僕の歓迎会なのだ。

「ところで美夕さん、なにか用事があったの？」

「トオルくんとみんなに言わないといけないことがあって」

ちょっと真面目な話のようだ。

そして少し言い難そうだ。

「なにかの相談？」

「ううん。もう決めてはいることなんだけど」

かなり長い沈黙の時間。

やはり、言い難いことなのかもしれない。

なら今かもしれない。新しいスキルを見てもらいたい。

きっと気分転換になる。

「美夕さん、ちょっと僕の部屋にこない？」

「こ、この時間にトオルくんの部屋に？」

スマホで時間を見ると、もう午後九時三十分だった。

確かに女の子を部屋に誘う時間ではないかもしれない。

「い、いや、シズクもいるし、そういう意味じゃ」「うん。いいよ」

言い訳するのと美夕さんがうなずくのは同じタイミングだった。

「なんだ。シズクちゃんもいるのか」

「え？」

「なんでもない。行こ」

す、すぐにシズクはいなくなって二人っきりになると思うけど、誤解されて嫌われないかな……。

美夕さんの部屋を出る。

廊下で主に会長に見つからないように二人で僕の部屋に行く。

無事、僕の部屋に到着した。

「おかえりなさいませ、ご主人様！　美夕様、いらっしゃいませ！」

シズクの元気な挨拶に美夕さんが笑う。

「ふふふ。シズクちゃんはいつも元気なのね」

「はい！」

「美夕さん、こっち」

僕は和室に美夕さんをエスコートする。

「う、うん」

そして押し入れを開けた。

ふすまの向こうにあるのは折りたたんだ布団ではなく、石壁と鉄のドアだ。

「ダ、ダンジョンに行くの？」

「うん」

「でも、私、靴持ってこなかったし」

「安物だけど女の子用のスニーカー買ってあるんだ」

「そ、そうなんだ」

美夕さんは結局スニーカーを履いて、ダンジョン側の部屋に入る。

少し不満げな顔をされた。

今から頼むこと大丈夫かな？

「美夕さん。ちょっと手を握って欲しいんだけど」

「て、手を握るっ？　ど、どどどうして？」

「そ、その必要なことなんだ」

手を伸ばすと美夕さんは無言で手を握ってくれた。

「もう！　貰った髪留めを外して髪で顔を隠したいよ」

美夕さんの顔は真っ赤だった。色白なのでそれがよく目立つ。僕も赤いと思う。

でも、手をつなぐことは必要な行為なのだ。

手をつないで美夕さんとダンジョンを歩く。

そして、あるドアの前に立った。

「え？　なにこのドア」

「ふふふ」

「ダンジョンに続く鉄の扉は……アッチにあるし、トオルくんの部屋のドアは後ろだし」

この新しいドアは僕のスキルで形成されたものなのだ。

僕はドアスコープから向こうの様子を確認する。

うん。誰もいなそうだ。

「何処につながっているの？」

僕は美夕さんに答えずにシズクに言った。

「じゃあ、ちょっと出かけてくるから」

「はーい！　ご主人様も美夕様もいってらっしゃい」

ドアを開けると一見、自然豊かな森のような光景が目に入る。

美夕さんと素早くドアをくぐって閉める。

「ここ……日本？　森かと思ったけど、見覚えが」

「うん。神社と隣接している公園の端っこだよ。人目につきにくいから」

「え？　神社と隣接している公園って立川のあの公園？」

「ほら見て」

大きな木にできたドアを見せる。

そして美夕さんの手を離す。

「嘘、ドアが消えた」

美夕さんには消えたように見えているけど、僕にはドアが見えている。

「どうも、これが僕の新しいスキルみたい」

「どういうこと？」

「多分、地球側の何処でも好きな場所と異世界側の何処でも好きな場所にゲートを作る能力だと思うんだよね」

「す、すごい」

「僕以外の人は体の何処かに触れていないと扉が見えなかったり、一度設置した場所は変えられなかったり、作る時は一度その場所に行かないといけないって不便もあるけどね。他にも便利なことがあるんだ」

「これだけでもすごいのにまだ便利なことがあるの？」

「ドアスコープで向こう側を覗くことができたり、レベルが1上がるごとに新しいドアを設置できる……ような気がするんだ。これはまだ上げてないから多分だけどね」

ディートによれば、未知スキルはこういうことができるんじゃないかな～と思えることが、実際にできたりするらしい。

ちょっと怪しい気もするけど。

「驚いた～トオルくんの管理人って実はすっごい【職　業】なんじゃないの？」

「あははは。とりあえず、ベンチに座ろっか？」

ところが美夕さんは意外な場所を望んだ。

「ベンチよりも滑り台の隣にあるアスレチックにしない？」

滑り台の隣にあったのは、大きな公園でたまに見かけるロープネットのようなアスレチックだった。

ふちに座ることもできそうだ。

「うん！　いいね！」

「行こ！」

隣同士に座る。

「わーい！」

美夕さんは後ろに倒れる。ハンモックのように横になることもできる。

その様子を笑うと美夕さんは僕の手を摑む。

「トオルくんも……」

手を引かれるままに僕も後ろに倒れた。

美夕さんの手はそのまま僕の手を握っている。

本当の美夕さんは活発な子なのかもしれない。

「星が綺麗だね〜」

彼女に言われて気づいた。

仰向けになった僕たちには星の世界が広がっていた。

「雲一つないね」

東京の郊外、立川の星空も悪くない。

「明日は快晴かな？」

「誰かが一生懸命てるてる坊主を作ってくれたからね。天気予報も降水確率0％だったし」

「……うん。私、頑張ってトオルくんの歓迎会行くよ」

二人でなにも話さずに星を眺める。

でも、沈黙が苦痛ではなかった。

美夕さんが握った手の力を強めたり、指でなぞったりで会話してくれたからだ。

「今から言うのは、独り言ね」

「独り言？」

美夕さんがいつもよりさらに小さい声を出す。

「例のよろしくの誤解の件、本当だったらよかったのに」

「なんていうか……嬉しいよ」

「ちぇーいつもみんな私の声を聞こえない聞こえないって言うのに」

いつも大人びている美夕さんの子供っぽい口ぶりに笑ってしまう。

「笑った！」

「わ、笑ってないよ」

「嘘！」

美夕さんが手を離す。

「ちょっと宝物外すね……」

そして髪留めを外しはじめる。

なんで、と思った時だった。

ロープネットのアスレチックの上で美夕さんが体をひるがえす。

仰向けの僕の上にうつ伏せになった。

ただ、僕の上に乗っていても、彼女の両手は伸ばされているから顔と顔の間には距離がある。

長い黒髪が垂れ下がって顔と顔だけの空間になっていた。

「膝枕してくれた時もこんな感じだったよね」

「うん。でもあの時と違うことがあるよ」

「なに？」

「あの時はどうやっても顔と顔がくっつかなかったけど、今は私が伸ばしている腕を緩めたらくっついちゃうよ」

美夕さんの二の腕に手を置く。

少し腕が震えていた。

「そろそろ限界かも」

「楽にしたら」

「うん。甘えさせてもらおうかな。疲れちゃった」

◆　◆　◆

「ご主人様！　おはようございます！」

「シズク。おはよ」

天気予報通りの快晴だ。

窓の外の青い空からは陽光が燦々と照り注いでいる。

今日は僕を歓迎してくれるカラオケ会がある。

レベルアップによって明日の体力テストは学年トップでもおかしくない。

新しいスキルは便利だし、美夕さんとは……まだ、会ったらちょっと恥ずかしいかもしれないが、なにもかも上手くいっている。絶好調だ。

友達がいないこと以外は！！！

「今日もみんなのために美味しい朝ご飯を作りますか」

「はい！　さすがご主人様です！」

素早く準備をして食堂に向かう。

「今日は多めに作っちゃおうかな～」

包丁とフライパンをふるう手も軽い。

ベーコンエッグを作っていると木野先輩がやってきた。

「おはよ、鈴木氏。いい天気だね～」

「おはようございます！　ですね～！」

木野先輩がダンジョンで作ったのだろうマッシュルームを刻み出す。

「サラダに入れると美味しいんだよねえ。鈴木氏のにも入れようか？」

「ありがとうございます。そういえばこはる荘のメンバーでカラオケとかよく行くんですか？」

「いや、はじめてだから小生も楽しみでござる」

はじめてだったのか。

「そもそも会長や美夕氏と気軽に話せるようになったのは、鈴木氏がきてからでござる」

「ええ？　そうだったんですか？」

「うん。だから、鈴木氏には感謝しているでござるよ。ありがとう」

仲いいのかと思っていた。

確かにマッシュルームカットでキノコオタクなんて人は女性には嫌われるかもしれない。

すごくいい人なんだけどね。

「おはよー」

会長がやってきた。

「あ、おはようございます」

「おはようございます」

「二人とも昨日はよく眠れた？」

僕も先輩もよく眠れたと答える。

僕はレベルアップも順調だったので本当にぐっすり眠れた。

木野先輩はダンジョンの部屋でキノコの世話を深夜までしていたに違いない。

「ところでカラオケは何時から行くんですか？」

時間を知らなかったので会長に聞いてみた。

「料金が高くなる夜時間になるのが午後七時からだから、それまではフリードリンクでいくらでも使えるわ」

「それじゃあ朝ご飯をた～くさん食べて、食べ終わったらすぐ行きませんか？　夕食の時間を早めにすれば、お昼は食べなくてもいいですよね」

みんなで行けば食事の時間だって自由にできる。

「いいわね。でもお昼にポテトとかピザとか出してもらいましょ。無料でね」

「会長。バイト先にあんまり無茶言ったら可哀想ですよ」

三人で笑う。

料理ができたので、みんなとテーブルに並べる。

会長が食べようとするのを木野先輩が止めた。

「今日は美夕氏がきてから四人で食べようでござる」

「そうね。レイちゃんを待ちましょう」

こはる荘の朝ご飯は時間をあわせないでセルフスタイルで食べている。

今日は休日だし、みんなで遊びに行くのだから一緒に食べてもいい。

木野先輩はやっぱりいい人だ。

「日本に約三千種、世界には二万種のキノコに名称がつけられているんですが、実はそれでもキノコ全体の一割にも満たないと言われているんでござるよ」

美夕さんはなかなかこなかった。

はじめはキノコ講座を少しは聞いていた会長も、もうまったく聞いていない。

「つまり、実に90%以上のキノコが正体不明。ミステリアスだと思わんでござらぬか?」

「え、えぇ」

木野先輩の熱い講義はもっぱら僕のほうに向けられている。

美夕さんはまだこない。

「さすがにお腹減ったわね」

そろそろ普段だったら朝食が終わりの時間だ。

「呼んできましょうか？」

会長が立とうとした時、美夕さんがやってきた。

「あ、レイちゃんおはよう。お腹減っちゃったよ」

美夕さんは僕とテーブルを挟んで向かいの席に座ってなにかを言った。

髪留めで顔は出ているので口の動きで挨拶と謝罪をしたのがわかるが、いつもよりさらに声が小さいのか聞こえなかった。

どうしたんだろ？

昨日のことがあったから気になるだけかもしれないけど、元気がないように見える。

「今日は朝食もみんなで食べようって美夕氏のことを待っていたんだ。とりあえず食べようよ」

「そうね。いただきます」

木野先輩と会長が食べはじめる。

美夕さんと目があう。

なにか訴えかけているような気がするが、それがなんなのかはわからなかった。

「そうそう。レイちゃん、朝ご飯食べ終えたらすぐカラオケね。お昼は向こうで軽食をつまもうって話になったから、朝はここで一杯食べときましょ」

「でも鈴木氏のご飯は美味しいからと食べすぎると歌えなくなってしまうからご注意でござるぞ～。ははは」

やっぱりおかしい。

会長と木野先輩が明るくカラオケの話をしたが、美夕さんは顔を下に向けたまま固まっていた。

「み、美夕氏、ど、どうしたんでござるか？」

木野先輩が聞いても、美夕さんはしばらくは答えなかったが、やっと口が動いた。

「ごめんなさい。私は歓迎会に行けません」

「どうして⁉」

会長が叫ぶ。

美夕さんの様子から行けないんじゃないかなとなんとなく感じていたけど、僕も会長と同じ思いだった。

てるてる坊主だってあんなに作っていたのに。

「頑張ったんですけど……」

「体調でも悪いの？　学校を休むことも多いし……」

美夕さんが首を左右にフルフルと振った。

「じゃあなんで？」

長い沈黙。

「ごめんなさい」

重苦しい時間が過ぎた後に、美夕さんはやっとそれだけ言った。

「もう好きにしなよ！　鈴木くんとキノコは10分後に玄関に集合ね」

会長は怒りながら食堂を出ていった。

続いて美夕さんも、もう一度「ごめん」と言い残して出ていった。

「美夕氏、心配でござるな」

木野先輩がつぶやいた。

「鈴木氏はカラオケが終わったら話を聞いてあげなよ。美夕氏は鈴木氏を頼っていると思うよ」

「はい。ありがとうございます」

「うんうん。本当はカラオケの前に話を聞いてあげられればいいんだけどね」

木野先輩の言う通りだと思う。

さきに話を聞ければ、問題が解決して、美夕さんがカラオケに行ける可能性だってあるだろう。

会長だっていつまでも根に持つタイプではないと思う。後からでもカラオケにきたり、いや理由を話すだけでも、すぐに怒りを収めてくれるに違いない。

「でも、すぐに行こうって会長と決めちゃったんですよね」

「そうだね～主賓である鈴木氏が遅れたら会長もまた怒っちゃうしね。カラオケの後で聞くしかないんじゃないかな」

カラオケの後で……か……。

いや、やっぱり美夕さんがカラオケに参加できなきゃ、ダメじゃないか。

僕は美夕さんにもきてもらいたい。

美夕さんだって、なにか行けない理由があるから行かないだけで、きっと行きたかったはずなんだ。

なにかいい方法はないだろうか。

「そうだ！　先輩！　頼みがあるんです！」

「な、なに？」

◆　◆　◆

「あら、鈴木くんとキノコはもう待っていたのね」

後からやってきた会長が、玄関で待っていた二人と合流する。

「じゃあ、行きましょうか」

「はい！」

「今日は楽しむといたしましょう」

会長と木野先輩、そして僕の姿に変身したシズクは楽しそうに玄関を出ていった。自分の姿を遠くから見るっていうのは何度体験しても変な気分だけど、あの様子なら大丈夫そうだ。

深呼吸してから美夕さんの部屋に向かう。

すぐに部屋のドアの前に着いた。

「美夕さん、美夕さん、いる？」

ドアをコンコンと叩きながら呼びかける。

すぐにドアが半開きになった。

「ト、トオルくん⁉　も、もうみんなとカラオケに行ったはずじゃ、どうしてまだいるの？」

「美夕さんが心配だったから」

美夕さんが驚いた顔を見せた。

目が赤くなっている。泣いていたのだろう。

「トオルくんの歓迎会でしょ。そんなこと言ってないで行ったほうがいいよ。会長だって怒るでしょ」

「それは大丈夫。シズクに代わりに行ってもらった」

「シズクちゃんが？」

シズクは僕と一緒にヨーチューブでかなり曲を聴いている。特に心音ミルの曲を。

木野先輩にも変身したシズクのフォローを頼んだし、大丈夫だろう。

「ありがとう。でも、せっかくなんだからトオルくんは楽しんできてよ」

「カラオケには後から参加するよ。でも先に美夕さんと話したかったんだ」

美夕さんは沈黙していたが、しばらくするとドアを大きく開けた。

「……ありがと。入って」

「うん」

「ごめんね。歓迎会、行けなくて」

入るとすぐ玄関で言われた。

謝罪も食堂で何度もされている。

「責めるつもりじゃないよ。話が聞きたいなと思って」

「話……」

「なにか話せば、気持ち楽になるかもしれないし」

「わかった。トオルくんには話すね」

どうやら美夕さんは僕には理由を話してくれるようだ。

「じゃあ奥の部屋にきて」

寮生の部屋は、いわゆる１Ｋになっていて、つまりキッチンスペースがあって、仕切りがあって、奥に部屋がある。

美夕さんが先に歩いて奥の部屋に入る引き戸を開ける。

「え？」

「……」

僕は一瞬、固まってしまった。

美夕さんが寝起きし勉強しくつろぐ部屋には、壁という壁に隙間がないほどてるてる坊主がぶら下がっていた。

僕は美夕さんが今日のためにてるてる坊主を準備していることも知っていたし、その数が多いことも知っていた。

——だが、てるてる坊主はすべて逆さに吊られていたのだ。

「私は……普通じゃないの……」

てるてる坊主を吊るして晴れにするというおまじないは誰でも知っているだろう。

逆さに吊るすと雨になるというおまじないでもある。

しかし、このてるてる坊主たちは暗い情念によって作られたというわけではないだろう。

「一体一体、顔が描いてある」

「うん」

美夕さんの部屋の逆さ吊りのてるてる坊主たちは一体一体、可愛い顔が描かれていた。

歓迎会はカラオケなので雨だったら決行できないというわけではないが、普通は晴れたほうが望ましいだろう。

そう。普通は晴れたほうが望ましい。

「私は……普通じゃないの……」

では自分を普通じゃないと言う、美夕さんなら？

雨のほうがいいのか？

バラバラのピースが集まってすべてがピタリとハマった。

健康状態に特に問題がなく学業も優秀なのに出席日数不足で留年していること。

雨の日に楽しそうに登校していたこと。

日中でもカーテンを使っていること。

ステータスを見て自分が吸血鬼でないかと気にしたこと。

歓迎会がある今日の天気予報のニュースや昨夜の雲一つない星空を気にしていたこと。

そしてこの逆さに吊られたてるてる坊主。

「ひょっとして美夕さんは陽の光が苦手なの？」

美夕さんが目を見開く。

「知っていたの？」

「いや僕も今わかったんだ。ヒントは一杯あったのに」

「でもトオルくんしか気がつかなかったよ。ここまでひどくなったのは高校生になってからだけどね」

世の中には日光アレルギーという病気もあることを聞いたことがある。

「日光に当たることで体に実際の症状があるわけじゃないいんだよね？」

「ないよ。でも晴れの日の日光の下に出ようとすると足が震えちゃってどうしても出れないの……」

そういえばディートが、美夕さんの吸血鬼の説明をする時に実質的な影響はないけど、祖先の記憶で精神的なものがあるかもしれないと言っていた。

「ごめんね。トオルくんの歓迎会に参加したくて外に出ようと朝から起きて頑張ったんだけど。陽の光が苦手なんて理解できないよね」

美夕さんが泣きながら訴えた。

「ごめんねごめんね」

僕は美夕さんに伝えたいことがあった。

「日光が怖いって気持ちは僕にはわからないよ。でも、このてるてる坊主を見て美夕さんがどれだけ歓迎会に参加したかったかってことはわかった」

「トオルくん……」

「ありがとう」

「ありがとうってなにが？」

「美夕さんが僕の歓迎会に行こうと、こんなに頑張ってくれたこと」

「そ、そんな……トオルくんやみんなとの思い出が私も欲しかったから」

僕も同じ思いだ。美夕さんやみんなとの思い出が欲しい。

「今度は僕が努力する番だよ。一緒にカラオケに行こう！」

「ごめん。無理なの！　私はやっぱり陽の光が……」

「陽の光を浴びずに済む方法でカラオケに行くんだよ」

「そ、そんな方法あるの？」

「ある！　レベルを上げるんだ」

「レベルを上げる？　あっ……」

美夕さんも気がついたようだ。

こっち側の世界の好きな場所と異世界側の何処でも好きな場所にゲートを作る能力が僕にはあるのだ。

カラオケ店とダンジョンをつなげばいい。

ただ、レベルが上がるごとに一回しかできない。

それも憶測だけど、今はレベルが上がればできると信じて努力したい。

「でもトオルくんのレベルは8だよね。7から8に上げるのは一日ぐらいかかったよ。レベルはどんどん上がり難くなるのに」

美夕さんの言うように、みんなで思い出を作るためには、カラオケから帰ってくるまでに間にあわせないといけない。

「シズクと木野先輩に時間一杯の午後七時まで楽しんで欲しいと伝えてある」

「それでも……間にあわないんじゃ……」

確かに時間的にそれだけでは厳しい。

「他にも考えがあるんだ。ちょっと危険だけどね」

「ちょっと！　危険？　大丈夫？　どんな考えなの？」

「その前にマミマミさんを呼んでくるね」

◆　◆　◆

「トオルくん。少しでも無理だと思ったら逃げてね」

僕は、僕の部屋から通じるダンジョンの錆びた鉄の扉の前に立っている。

今まで狩っていたモンスターよりずっと強いオオムカデやオオネズミを狩るためだった。

最初の頃と比べたらレベルもかなり上がっている。

きっと倒せるはずだ。

レベルアップのために得られる経験値は段違いになるはずだ。

「うむ。レイコのために自分よりも巨大なモンスターに立ち向かおうという心意気、天晴である」

ここにくる前にマミマミさんも呼んで一緒にきてもらった。

「万が一、不覚をとっても骨は拾ってやるぞ」

「その前に回復魔法でしょ！」

「冗談だ。怒るな怒るな」

マミマミさんのタチの悪い冗談に美夕さんが怒る。

「しかし、ワシがいないものと思って精進せいよ」

「うん。いないつもりでやるよ！」

「うむ。では行け」

重く大きな扉を上げるボタンを押した。

ここから先は強敵が溢れるダンジョンだ。

いた！　いきなりオオムカデだ！

幸先はいい。レベルも上がっているけど、本当にこんな巨大なモンスターに勝てるのか？

「最初はワシがやろうか？」

「一刻も早く美夕さんとカラオケに行きたいから」

バットを構える。こっちだって戦闘経験自体はもう百回を超えている。

怯みはしない。

「うおおおおお！」

◆　◆　◆

僕はカラオケ店に向かって走っていた。

ロクに回復魔法も使ってもらえずに、こはる荘を出たから体中が痛い。

オオムカデは硬いし、毒を持っている。オオネズミはとにかくパワーがあった。

幸い金属バットは異世界ではちょっとしたアーティファクトのようで、弱点の頭に当たればどちらも倒すことができた。

コーラで解毒したり、マミマミさんの回復魔法でなんとかなったが、死ななかったことは幸運だったかもしれない。

戦っている間、美夕さんに何度止められたかわからなかった。

けれど、その結果として五時間ほどの死闘でレベルを上げることに成功したのだ。

午後三時、ついに僕はカラオケ店にたどり着いた。

ライメチャットで連絡したので僕の姿をしたシズクも、今頃は美夕さんを呼んでくるとカラオケルームからは出たはずだ。

店に入って今までいた客のフリをして男子トイレの個室を使わせてもらう。

「クラフト・ゲート」

トイレの壁に鉄のドアができる。

ドアを開けるとダンジョンで美夕さんが待っていた。

「カラオケ店とつながったよ。トイレでしかも男子用だけど我慢してね。カラオケ店っていろんなところに監視カメラありそうだから」

「そんなの全然いいよ。ありがと」

美夕さんが目尻の涙を指で拭う。

「さあ、早く！　今は他の男性客もいないから」

「うん」

美夕さんの手を取ってゲートをくぐらせる。

トイレから顔を出して人がいないか確認する。

「誰もいないね」

素早く廊下に出る。

「人が一人増えたのは後で店に報告することにして、先にカラオケルームに行こう」

「姫子先輩、怒ってないかな。遅刻しているし、理由も上手く説明できないし」

「会長は美夕さんがきたらすぐに機嫌を直してくれるよ」

「うん。そうだね」

カラオケルームの前に立つ。

美夕さんとうなずきあってドアを開けた。

木野先輩がなにかのアニソンを歌っていたが、僕らが入ると熱唱をやめた。

「鈴木くん、おかえり。そしてレイちゃん、いらっしゃい」

「姫子先輩。遅くなっちゃってごめんなさい」

「いいの。私も怒りすぎちゃったかなって、ずっと気にしていたよ。きてくれて嬉しいよ」

二人が手を取りあって謝りあう。

まるで姉妹のようだ。

こはる荘の生活の中で、本当に姉妹のように思いあうようになったのかもしれない。

「鈴木くんもキノコも驚くわよ。レイちゃんはマイクを通すとすっごい美声なんだから」

クラスメイトの噂でも美声とは聞いていたが、想像以上だった。

思えば、小さい声もいつも美声だった。

◆　◆　◆

「今日は楽しかったねぇ。みんなでまた行こうね」

帰り道、会長が言った。

みんなもそれぞれの表現で同意する。

時刻は午後七時、時間一杯まで楽しんでしまった。

陽が落ちてなかったらどうしようかと思っていたが、完全に陽は落ちている。

「でも、鈴木くんどうしてそんなボロボロなの？」

「え、えっと。実は美夕さんを呼びに行った時に急いでいたから派手に転んじゃって」

ダンジョンから出て、破れた服は着替えたけど、顔や手にも擦り傷やあざがあるのかもしれない。

「帰ったら手当てしてあげようか？」

会長は心配そうに僕を見る。

「ダ、ダメ！」

美夕さんが叫んだ。といっても他の人であれば、それは普通の大きさの声だったかもしれない。

「ど、どうしたの？　レイちゃん？」

僕だけじゃなく、会長も美夕さんが叫んだと思ったらしい。

「あ、いいえ。その……。トオルくんの傷は私のために作った傷だから」

「つまり、どういうこと？」

会長はきょとんとした顔をしている。

「会長〜。美夕氏は鈴木氏への恩返しに手当てがしたいって言っているんですよ」

僕と美夕さんと木野先輩が笑うと会長は不思議そうな顔をしていた。

こはる荘に戻って美夕さんの手当てを受けている。消毒液がたまにしみる。

「いたっ！」

「痛かった？　ごめんね」

「大丈夫だよ」

本当はマミマミさんに会って回復魔法を使ってもらえば、すぐに治る。

だけど美夕さんの部屋のベッドで手当てを受けるのは悪い気はしなかった。

「トオルくん、今日は本当にありがとうね」

「僕も美夕さんとカラオケ行きたかったから好きでやったことだよ」

「うん。私も一生の思い出になったよ」

一生の思い出？

感謝するのはわかるけど、一生というのは少し大げさなんじゃないだろうか。

美夕さんが救急箱に消毒液やピンセットをしまう。

「思い出作りに夜の公園の続き……しちゃおうか……」

美夕さんは僕の手の上に手を置いて、僕の顔を覗き込んだ。

その目は先ほどの楽し気な雰囲気と違って、なんだか寂し気で悲しそうな色をしているように思えた。

「そ、そんなに急がなくても。カラオケだってまた行けるし」

美夕さんが目を伏せて首を横に振る。

「私、トオルくんに、ううん、みんなに話さないといけないことがあるの」

「話さないといけないこと？」

まだ、言っていなかったことが他にもあったのか。

内容はわからないけどいい予感はしない。

「また留年しそうなの」

「な、なんだって？　あ、ひょっとして晴れの日は学校に行けないの？」

驚いたけれど、理由としてはわかる。

美夕さんは陽の光が苦手で、晴れの日は学校を休み、出席日数が足りなくなって留年してしまったのだ。

「朝に曇っていて、放課後に晴れたらどうしていたの？」

「朝に学校にいければ、放課後は陽が落ちるまで待って帰っていたよ。ともかく、また留年するぐらいなら、お父さんが学校やめて家に帰ってこいって」

既に留年しているのだから、ご両親が心配するのは無理もない。

ただでさえ、女の子の一人暮らしなのだ。

また留年してしまうなら一人暮らしも学校もやめろというほうが自然だろう。

「で、でも抗議しようよ。美夕さんは成績もいいんでしょ」

「いくら成績がよくても無理かな。実は今学期も晴れの日が多くて、もう危険な水域なんだ」

「危険水域って？」

「後七日休んだら終わり」

「七日……」

単純に日数を考えれば絶望的だ。

雨や曇りの日のほうが少ない。

はじまって一ヶ月と二週間で後七日になってしまったのは、ほとんど登校できなかったからだろう。

しかし、僕がいれば！

「ゲートの力でダンジョンと学校を結びつければいいじゃないか。そしたら晴れの日でも関係ないだろ」

「マーちゃんに聞いたでしょ。レベル10の話」

美夕さんが言ったのはレベル9から10になるのはさらに急激にレベルが上がりにくくなるということだった。

それまでの10倍かかってもおかしくないらしい。

僕は自分より強いオオムカデやオオネズミを強力な武器とバックアップ体制で倒しているが、それでも五時間ほどの時間を費やした。

そうなると一日八～九時間オオムカデを狩って五日後、ひょっとしたらデッドエンドになってしまう七日ぐらいかかってしまうのではないかという感覚だ。

「ならしばらく学校を休んで寝る以外、オオムカデやオオネズミを狩りまくればさ」

「ダ、ダメ！　そんなことしたらトオルくん死んじゃうよ！　後ろでマーちゃんが見ていてくれても危ない状況が何回もあったじゃない」

美夕さんの言う通りだ。

それを一日十数時間もやったら集中力が続くわけがない。

確かに死んでしまってもおかしくない……。

「私、もう諦めちゃったの」

「諦めたって？」

「本当はトオルくんにカラオケ店にゲートをつながないで、学校につないでって言えばよかったでしょ？」

それは確かにそうだ。

「最初はカラオケも間にあわないかなって思っていたから、学校につないでもらえばいいって気がつかなかったってのもあるんだけど……」

「ひょっとしてそれを最後の思い出にしようと？」

「ううん。正確には違うわ。お馬鹿な話なんだけど、トオルくんの歓迎会にどうしても行きたかったから言えなかったの……」

途中から美夕さんは学校にゲートをつなげればいいとも気がついていた。

それでも歓迎会にどうしても行きたかったのだ。

でも、それを責められるだろうか？

あのてるてる坊主の数。

今までも何度も何度も行けなかったことがあったに違いない。

「私ってホント馬鹿だよね」

「僕の歓迎会にきてくれたのに馬鹿なんて言えないよ」

「う、うん。ありがとね」

笑顔で言うと、美夕さんが泣き笑いでお礼を言った。

「それにカラオケ会も行って、進級もできればいいじゃないか！」

「え？」

「学校はやめなくても済むかもしれない。できるかどうかはわからないけど、レベルを上げる方法はあるんだ」

「む、無理だよ。死んだらどうするの⁉」

美夕さんは多分僕がオオムカデでレベルアップをするつもりだと思っている。

「さっきも言ったけどオオムカデなんかと戦っていたら死んじゃうよ」

「いや、オオムカデとは戦わない。それより安全だと思うよ」

この方法はオオムカデと戦うわけではない。

「ホ、ホント？」

顔を上げた美夕さんの瞳には希望の光が宿っている気がした。やっぱり、本当は学校をやめたり、寮を出たいわけではないのだ。

「みんなの協力がいるし、大変だけど、最後まで諦めないで欲しいんだ。僕も美夕さんと一緒に学生生活を過ごしたいよ」

「ありがとう。私も諦めないことにしたよ！」

「よし、やろう！」

そしたら作戦開始だ。この作戦は準備のほうが大変かもしれない。

「まずはみんなで木野先輩のキノコ部屋に集まろう。美夕さんはマミマミさんを連れてきて。僕はシズクを連れてくるから」

「え？　キノコ部屋に行くの？」

「この作戦は木野先輩が育てているキノコが鍵なんだ」

ダンジョンのキノコ部屋に僕と美夕さん、シズクとマミマミさん、木野先輩が集まった。

「というわけで木野先輩には申し訳ないんですが」

この作戦は木野先輩にも無理を頼まないといけなかった。

断られても何度でも頼み込むつもりだった。

「キノコは世界を救う」

「は?」

「鈴木氏。キノコ・セイブス・ザ・ワールドでござる。食糧問題、環境問題、経済問題、人種問題といった難題すらキノコは解決するのに」

そ、そうなんだろうか。

「女の子の一人も救えずになんのキノコでござるか!」

やはり木野先輩の言っていることはまったくわからないが、キノコ愛もここまでくるとなにかカッコいい気もする。

「提供するでござる! 動くキノコの苗床のすべてを!」

「ありがとうございます!」

これで僕はお化けキノコを栽培してレベルを上げる作戦の一歩を踏み出したぞ!

「この作戦の要(かなめ)は絶え間ないモンスターの供給です」

モンスターを倒しての経験値稼ぎは、そのほとんどが広大なダンジョンでモンスターを探すことに終始する。

ゲームと違ってモンスターが次々に湧いてくるなどということはない。

なので周囲のモンスターを狩ってしまうとモンスターが他の場所から移動してくるのを待つか探しに行かなければならない。

それだったら経験値の少ないモンスターでも絶え間なく狩ったほうがはるかに効率的だ。

「まあ正しいが、それをどうやるんだ？　そんなことができるなら誰も苦労せんわ」

マミマミさんの質問にあるものを取り出す。

「これです！」

マミマミさんに世界樹の子供の根っこのオガクズを固めた苗床を見せる。

苗床にクリーム色のキノコがびっしり生えていた。

本当に小さいキノコまで入れれば、一つの苗床で数百個はあるんじゃないだろうか？

苗床も木野先輩が一生懸命作ったものが二十個以上ある。

「なんだそれ？」

「お化けキノコの苗床ですよ。この小さいキノコがお化けキノコになるんです。つまりモンスターの養殖というか人工栽培です」

「人工栽培⁉　そんなことできるのか？　聞いたことないぞ」

異世界ではモンスター同士も命をかけて生存競争をしているようだし、人間もモンスターに襲われて命を落とす。

それをわざわざ増やそうなんて誰もしないだろう。

「この一個一個がレベル上げの時に倒していたお化けキノコになるんですよ」

「ホントか？　ならすぐに潰していけ。レベルが上がれば学校とやらにゲートを作れてレイコが引っ越ししなくて済むんだろう？」

マミマミさんは本当に美夕さんが好きらしいな。

マミマミさんのためにも絶対に学校をやめさせたくない。

ただ……。

「真神さん。単純にキノコのままで潰してもダメなんでござる。小生は食べるためや間引きのためや調査のたびにもう何千本と苗床から抜きましたけど一回もレベルアップした感覚がないでござる」

木野先輩が僕の言いたいことを言ってくれた。

「多分、成長して苗床から離れて、自ら動き出すようになるまでレベルアップするための経験値は手に入らないのでは？」

「なら意味ないではないか」

マミマミさんの言うことももっともだ。

みんなも心配そうな顔をしている。

「そこでこれです」

僕は自信満々に午前ティーを取り出した。

「なんだ、それは？」

「真神の間の下草を伸ばした飲み物ですよ」

以前、午前ティーをマミマミさんが住む森にこぼしたところ、下草がニョキニョキと異様な速さで伸びて腰ほどの背丈になったことがある。

それを見ている美夕さん、シズク、マミマミさんが明るい顔になった。

「うんうん。すごい速さで伸びたよね」

「ありましたね！　そんなことも！」

「あったな。なるほど。お前のやろうとしていることがわかったぞ」

「キノコも植物です。こいつをキノコにかければ！」

僕はさっそく苗床の一部に午前ティーをかけてみた。

なにも起きない。

「え？　おかしいな。もっとかけてみるか」

いきなり何十匹もお化けキノコが出てきたら大変だと、少ししかかけなかったしな。

今度はドバドバとかける。

けれども、やはりなにも起きなかった。

「ど、どうしてだ？」

「ちょ、ちょっとなにをしてるんでござるか？」

僕がキノコがダンジョンの雑草のようにニョキニョキ伸びないことに動揺していると、木野先輩がなにをしているのかと聞いてきた。

そういえば、木野先輩はその状況を見ていない。

「実はこんなことがありまして――」

午前ティーが草をニョキニョキと成長させたことを説明する。

「なるほど……しかし、キノコというか菌類は植物ではないのでござる」

「そ、そうなの？」

「詳しい話はしないけど、動かないから植物って考えがちでござるが、植物のように光合成をして生存に必要な有機物を合成せずに、他の生物が作った有機物を利用しているという点においては動物にちか……」

木野先輩の話はまだまだ続きそうだ。

今は時間がない。

「わ、わかりました。ともかくキノコは植物じゃないのか」

「うん。そうでござるよ。鈴木氏」

「だから午前ティーも効かない……」

いきなり暗雲が立ち込める。

「でも午前ティーはダンジョンの植物を成長させたんだから、ダンジョンの菌類が成長する飲料があってもおかしくないよな」

簡単には諦められない。

「よし！　とりあえず寮にある飲料を全部持ってこよう！」

「「「お～！」」」

寮にあった飲料をキノコ部屋に持ってきて調べていく。

緑茶、牛乳、オレンジジュース、コーラ、そして午前ティー。

「どれもキノコには効果ないみたいだね」

コーラには解毒効果があって、午前ティーには植物の成長促進効果があることがわかっている。

少し飲んだりもしてみたが、緑茶、牛乳、オレンジジュースはなんの効果かもわからない。なにも効果がない飲料もあるのだろうか。

だが、ともかくキノコの成長促進効果はない。

「もっといろいろな飲料を試してみるしかないね。とりあえずコンビニでいろいろ買ってみるよ」

もっといろいろな飲料を試してみようということになった。

コンビニに走って、またキノコ部屋に戻ってくる。

「りんごジュース、烏龍茶、麦茶、缶コーヒー、いちごオーレ、オイッスお茶……」

「あははは。鈴木氏、オイッスお茶ってさっき調べた緑茶ではござらんか。緑茶ならもう調べたよ」

確かにオイッスお茶は佐藤園という会社のロングセラーの緑茶ブランドだ。つまりただの緑茶。なにか引っかかる気もしたが、今は時間が惜しい。

「そうですね。とにかく調べていこう」

しかし、数十分後。

「ダメだ！　どれもキノコの成長促進効果はない！」

数えてみると二十種類もの飲料を調べたが、キノコの成長促進効果があるものはない。他の効果はもう調べなかった。

「それにしてもコンビニってところはいろんな飲み物があるんだな～」

「これでもコンビニのすべての飲料の十分の一もないですよ」

マミマミさんが感心する。

「ほ、本当か⁉　行ってみたいのう！」

「こ、今度にして」

今は美夕さんのために時間を使いたい。

ただでさえ、時間がかかっているのに手掛かりすらない。

「コンビニに売ってない飲料やお酒が当たりだったらどうしよう……」

それでも諦めたくない。もう一度コンビニに行こうと立ち上がった時だった。

「トオルくん。飲料についてステータスに変化がないかってことも調べていたんだけどね。オイッスお茶が……」

美夕さんが小さい声で言った。

「オイッスお茶？　ステータスに変化もなかったでしょ？」

緑茶は既に調べている。確かステータスの変化もなかったはずだ。

だから緑茶であるオイッスお茶は調べる必要がないと捨て置いた商品だ。

「それが魔力の上昇効果があったみたいなの」

え？　緑茶がないのにオイッスお茶にはステータス上昇効果があるのか？

オイッスお茶を飲んでステータスを見る。

【魔　力】50／60（＋10上昇中）

「ホ、ホントだ。緑茶の時はなんの変化もなかったのに」

どういうことだろうか。

「ふむ。同じ鋼の剣でも攻撃力が変わることはよくあるぞ」

マミマミさんがつぶやく。

「どういうことですか？」

「人間の冒険者ならもっと詳しいと思うが、要は名匠が精魂を込めて作ったのとか、魔法のエンチャントを帯びたものは特別な力を持つことがある」

「な、なるほど。メーカーのブランド品だからか。日本で売るために一生懸命作ったものには特別な力が宿るのかも」

思えば、今まで特別な効果があったものは、午前ティー、コーラ、オイッスお茶だ。

金属バットも有名スポーツ用品メーカーのＭＩＺＵＭＯだ。

美夕さんの黒ストッキングのメーカーは知らないけど。

「有名な商品ブランドになっている飲料のほうが確率は高そうだね」

みんながうなずく。

「ところで美夕さんはどうしてステータスの変化までチェックしてたの？」

美夕さんが恥ずかしそうに顔を伏せる。

「もし私がいなくなってもトオルくんのダンジョン探索に役に立つかなとメモっといたの」

みんながニヤニヤと僕を見る。

「あ、ありがとう。でも今は美夕さんが引っ越ししなくてもいいように頑張ろう。よし、有名な商品ブランドになっている飲料を買ってこよう」

◆

◆

◆

「ダメか。コンビニで有名そうなのはほとんど試したぞ」

しかし、キノコの成長促進効果がある飲料は見つからなかった。

「もう午前二時になっちゃったね」

明日は学校があるのに木野先輩もつきあってくれている。

「トオルくん、木野くん、私のためにごめんなさい。マーちゃんもシズクちゃんも。今日はこれぐらいにしない？」

「いや一日だって無駄にできないよ」

「でも……正直、明日は学校でしょ？　トオルくんは体力テストでいい結果を出すために頑張ってたんだし、もう寝たほうが」

「ど、どうしてそれを？」

「頭を打って倒れた時に言っていたよ。努力家なんだね」

ど、努力家と受け取ってくれたか。

まあ友達が欲しいからという理由は知られてないだろうしね。

それはともかく……。

体力テストなんかより、美夕さんがこはる荘にいられることのほうが大事だ。

一日でも早くダンジョンと学校をゲートでつなぎたい。

運がよければ、明日から雨の日が続いて、美夕さんが学校に行けるかもしれない。

その間にお化けキノコでレベルを上げれば、問題は解決する。

でもそんな可能性は低いし、明日の天気は生憎の晴れという予報だ。

「僕はレベルアップに費やさないといけないから、学校は休むつもりだよ。美夕さんは曇りや雨だったら絶対学校に行ってね」

僕がそう言うと木野先輩も学校に行くまではギリギリまでつきあうと言ってくれた。

シズクもマミマミさんも最後まで手伝ってくれるらしい。

「ありがと」

美夕さんがまた涙を拭う。

「みんながそこまでしてくれるなら考えがあるんだけど」

「なにかいい考えがあるの？」

「いい考えってほどのことじゃないんだけどトンスキホーテに行ったらいいんじゃない？」

「あ〜なるほど」

確かに総合ディスカウントショップのトンスキホーテなら取り扱っている商品も多い。

見たことのないような商品を扱っている場合もある。今ならまだ営業時間内だ。

「ともかく行ってみよう」

一時間後、また大量のややマニアックな飲料が揃った。

ナポレオン黄帝液、ゲットレイダー、ドクターペティー、モンスターエネルギー、レッドドックｅｔｃ。

ナポレオン黄帝液。高いのから安いのまである。安いのを買ってきたがダメ。

ゲットレイダー。二十六世紀はおバカだらけになってしまうというアメリカ映画では、水の代わりに畑作に使われていたスポーツドリンク。ひょっとしたらと思ったけど映画と同じくダメ。

ドクターペティー。正直あまり美味い飲料とは言えないが、好きな人には中毒性もあるらしくいろんなアニメでネタ的に使われる。キノコにはどうか？

「うお。逆に枯れはじめたぞ⁉　苗床が一個死んだかも……最悪だな」

他のいろいろなドリンクも使ったが、ことごとくダメだった。

辺りには空になったペットボトルやら缶やら瓶が転がり出す。

全滅かもしれない。ほとんどかあるいは全部調べたと思う。

「キノコ栽培作戦は方針変更かもな」

美夕さんは散らかったゴミを片づけはじめた。

午前五時。みんなもさすがに疲れはじめてきている。

「トオルくん、これまだ入っているよ」

「うん。ホントだ。レッドドックか」

飲みすぎるとやばいことになるとかいうドリンクか。

締切に追われた漫画家とかが缶にストローをさして飲んでいるようなイメージだ。

「僕が飲もうかな」

苗床もよく見ずに適当にかける。

「トオルくん！」「ご主人様」「トオル」「鈴木氏」

みんなが僕を呼ぶ。

「どうしたの？　わぶっ」

なにかに突き飛ばされる。

「いってー！　な、なんだこれは⁉」

キノコ部屋中にお化けキノコが溢れ返ってきた。

お化けキノコはそんなに強くないが、木野先輩やシズクはレベル1のままかもしれない。

「わっわっわ」

「きゃー」

大混乱に陥ったが、マミマミさんがすぐにお化けキノコを倒していく。

僕も金属バットで三匹ほど倒した。

「はぁはぁ。やったね。ついに見つけた。キノコの成長促進効果があるのはレッドドックだ！」

みんながうなずく。

「よし、それじゃあキノコの栽培は僕の部屋とつながっているダンジョン部屋でやろう。部屋が広いし、二十四時間戦える！」

◆　◆　◆

苗床を移し終え、レッドドックも箱買いしてきた。

時間は午前六時三十分。

今は木野先輩がレッドドックを薄めて使えないか、どうやったら効率よくお化けキノコを増やせるか研究している。

シズクは僕の代わりに朝ご飯を作ってくれる。しばらくはシズクにご飯を作ってもらうことになるだろう。

僕はお化けキノコ狩りに備えて自分の部屋で休憩していた。

木野先輩と護衛のマミマミさんが僕の部屋に戻ってきて鉄のドアを閉める。

「レッドドックの原液よりも10%ほどに薄めたほうが長くゆっくり苗床からお化けキノコが出てくるから安全みたいだ」

「そうですか」

「少しだけドア開けてみて。お化けキノコだらけになっているよ」

そっとドアを開けて、すぐに閉める。

ダンジョンの部屋は本当にお化けキノコだらけになっていた。

「後はガンガンお化けキノコ狩りをしてレベルを上げるだけだ！」

こはる荘の仲間は絶対に守る！

石のブロックの床が見えないほどお化けキノコに埋め尽くされたダンジョンの部屋に飛び込む。

これが無双か！

レベル３、４でも楽に勝てたお化けキノコなのでレベル９まで成長している今はサクサクと狩れる。

ＭＩＺＵＭＯの金属バットのおかげもあるかもしれない。

入って五分ほどしか経っていないが十匹以上は倒したと思う。

体力テストは午後からだ。

ひょっとして間にあうんじゃないだろうか。

そんなことを考えていると後ろから体当たりを一発貰ってしまう。

「うぐっ。うわあああああああ」

一回でも体当たりを受けてしまうと、お化けキノコは数が膨大なので一斉に攻撃されてしまう。

体勢を立て直せない。

マミマミさんが周囲のお化けキノコを切り刻んで、僕を部屋まで運んでドアを閉める。

「よく周りを見ないと危険だぞ」

「す、すいません」

マミマミさんが回復魔法をかけてくれる。

「じゃあまた行ってきます」

「おう！」

また鉄の扉を開ける。

「うおおおおおお！　うわああああああ！」

一匹倒したところで、また集中攻撃を受けてしまう。

やはり一度でも攻撃を受けると体勢を立て直す間もない。

あまりにも数が多すぎるのだ。

「いててて！」

「大丈夫か？」

バラバラになったお化けキノコが降ってくる。

どうやらマミマミさんがまた助け舟を出してくれたようだ。

周囲のお化けキノコが消え去って立ち上がれる。

「レイコのためだ。頑張ってくれ！」

返事をする暇もない。僕はまたお化けキノコに立ち向かうことでその言葉に応えた。

◆　◆　◆

「一進一退かな。やられちゃって時間をロスしてしまうのが大きいなあ」

マミマミさんに回復させてもらい、シズクが作ってくれた遅い朝ご飯を食べながら、現状を話した。

「それでもオオムカデを一匹一匹狩るのよりは、はるかに効率がいいだろう」

マミマミさんが励ましてくれる。

「ホント、私のためにありがとうね」

「それはレベルが上がってからでいいよ」

時間は午前十時。学校はもうはじまっている。

木野先輩は学校に行っている。

そして美夕さんは今日も快晴なので学校に行けなかった。

進級するための出席日数はまた一歩削られてしまった。

一刻も早くダンジョンと学校をつなげるゲートを作らなければならない。

「最初はひょっとしたら午前中でいけるかもと思ったんだけどなあ」

お化けキノコ集団にやられてしまう時間が大きなロスになっていた。

マミマミさんが助けてくれるからなんとかなってはいるけど、助けてもらったり、回復したりと、時間をロスしてしまう。

「お化けキノコの数が多すぎるんじゃない？」

美夕さんが心配してくれる。

狩り続けられて、なおかつ集団でやられないぐらいの量に、お化けキノコを調整できればということだろう。

「でも調整が難しいんだよね」

そもそも苗床からキノコが出てくる量は、木野先輩が逃げ回りながら調整してくれたものだった。

今、こうやって休憩している最中にも苗床からはポコポコと新しいお化けキノコが生まれている。

「そっか。じゃあせめてこれを飲んで」

美夕さんが差し出したのはピラクルだった。

「え？」

「敏捷が上昇するから」

「あ〜そっか。ありがとう」

美夕さんはいろいろな飲み物の効果をメモってくれていたのだ。

「ワシもジュース飲みたい。持ってきてくれ」

美夕さんは実験の飲み残しや余ったジュースを僕の部屋の冷蔵庫にいくつか移してくれていた

ようだ。

マミマミさんの前にコーラ、いちごオーレ、ゲットレイダー、ドクターペティーなどの飲み物が置かれる。

どんな効果があるんだろうとふと気になった。

「美夕さん。ちょっとメモを見せてもらってもいい？」

「うん。いいよ」

僕はピラクルを飲みながらメモを見せてもらうことにした。

メモにはそれぞれの飲み物の効果が綺麗にまとまっている。

「コーラは解毒剤と。これは知っている。いちごオーレは体力を上げるのか」

他の飲み物もすべてまとめてあるようだ。

かなり大変だったろうな。自分で飲まなきゃ調べられないし、一口ずつでも、この量を飲むのは大変だぞ。

感謝しながら、読み進める。

午前ティーは植物の成長促進効果で、ゲットレイダーはなんの効果もなし、ドクターペティーはキノコを枯れさせる。

ん？　キノコを枯れさせる？

僕はマミマミさんのほうを振り向いた。

今まさにドクターペティーを飲もうとしていた。

「日本のジュースはどれも美味いな。これも試してみるぞ」

「ストオオオップ！！！」

「うお、なんだ。急に大きな声をあげおってからに」

僕はマミマミさんが持っているドクペのペットボトルを手に取った。

「これだ！　これでいけるかも！」

「なんだ？　返せ！」

僕はペットボトルを思いっきり振ってお化けキノコがあふれるダンジョンの部屋につながる鉄のドアを開けた。

炭酸が吹き出る勢いを使って、お化けキノコたちにドクペをぶちまける。

「あ〜なにをするんだ〜。え？」

マミマミさんの不満の声が途中から驚きに変わっていた。

こちらに殺到してきたお化けキノコがシュシュシュと消えるように小さくなっていったのだから。

鉄のドアをゆっくりと閉めた。

「一瞬で五匹以上はやっつけたな」

「その飲み物はひょっとしてキノコの苗床をダメにした？」

マミマミさんも気がついたようだ。

「当たり！」

「か、考えたなあ」

マミマミさんが感心する。

「トオルくん。ビックリした。そっかドクぺか」

「さすがご主人様です！」

美夕さんとシズクも驚いたようだ。

僕自身も驚いている。

しかし、僕はさらにみんなを驚かせる方法を思いついている。

「ドクぺはトンスキホーテで売っていたんだっけ。さっそく買いに行こう」

「ドクぺ以外にも買うものがあるよ！」

美夕さんはドクぺだけを買おうとしているようだが、アレを買えば、もっと効率よくお化けキノコを狩れるはずだ。

◆　◆　◆

トンスキホーテから帰ってきた僕と美夕さんは買ってきたものをマミマミさんとシズクに見せ

る。

「こ、これはなんだ？」

ふふふ。マミマミさんはこんなものは見たこともないだろう。

「これこそ秘密兵器！　ストロングバースト！」

「ストロングバースト？」

「まあ見てください」

要は水鉄砲の商品名なのだが、水鉄砲と言ってもマミマミさんにはわからないだろう。

ストロングバーストの給水タンクにドクペを注いでいく。

準備完了！

僕はタンク容量５・８リットルの巨大水鉄砲を抱えて、ダンジョンにつながる鉄の扉の前に立った。

「行きますよ！」

「お、おう」

「は、はい！」

マミマミさんとシズクが緊張した面持ちで僕を見ている。

僕と美夕さんには確信がある。

今度は鉄のドアを全開放した。

辺り一面のお化けキノコが一斉にこちらを向く。

「今だ！」

お化けキノコたちより、やや斜め上に照準を定めてトリガーを引いた。

ストロングバーストから噴射されたドクペのレーザーが一瞬でお化けキノコの群れを枯らしていく。

お化けキノコたちは数の力に頼ってもまったく近寄れなかった。

むしろドア付近から半円状にお化けキノコを溶け枯らして陣地を獲得していく。

「おぉぉぉぉ！」

「うわぁ〜〜〜！」

マミマミさんとシズクが言葉にならない感嘆の声をあげていた。

「ふふふ。まだまだ〜！」

ストロングバーストの照準をさらに上にしてドクペを空中で散らし一気に狩っていく。

百匹以上は間違いなくやったかなというところで、一旦部屋に戻って鉄のドアを閉める。

「やったね」

「うん。これなら安全にいくらでも倒せるね。安心したよ」

美夕さんは感想を言ってくれたけど、シズクとマミマミさんは目を見開いて固まっている。

「どうした？」

「ワ、ワシにもやらせてくれ！」

「わ、私も少しだけやりたいです！」

な、なんだそういうことか。

「わかったわかった。でもレベルを上げてからね」

二人が思いっきり首を縦に上下させている。

「ドクペの原液だとお金がかかるし、レッドドックみたいに薄めても大丈夫なんじゃないかな。この調子なら苗床にもっとレッドドックをかけてお化けキノコを増やしたほうがいいかも」

まだまだ調整する必要がありそうだ。

ベストな調整をするのはかなりの時間がかかった。

ドクペの最適な濃度が15％であることを発見したり、苗床にもう一度レッドドックをかけたり。

完全なお化けキノコ狩りのルーチンを完成させたのはお昼を挟んで午後二時ぐらいになってしまった。

だが、見事に無双状態だ。

「す、すっげー！　ワシにもやらせろ！」

「ご主人様、すごい！　私もやりたいです」

シズクとマミマミさんは何度見ても感動するようだ。

「遊びでやっているんじゃないんだよ。僕のレベルが上がったらね。ん？　おおおおお！」

ルーチンが完成して三往復目、お化けキノコ撃破の数は一千近く、ついに体から力が溢れる感覚が起きる。

「や、やった！　ついにレベルが上がったぞ！」

レベルが上がったことを叫ぶと、開け放っているドアのほうから歓声があがる。

僕はそのままキノコが発生する苗床もストロングバーストで枯れさせた。

残ったキノコも掃除していく。

「なにをしているの？」

美夕さんの声が後ろから聞こえる。

キノコの苗床まで破壊したから驚いたのだろう。

「ダンジョン側のこの部屋にゲートを作るんだよ。よし！」

お化けキノコを一匹残らず掃討した。

「後はスキルでゲートを作って、と……」

ちょっと不安だったが、異世界側のゲートは作ることができた。

「よし！　美夕さん、すぐに学校側からゲートをつないでくるから」

美夕さんには後ろを向いてもらってすぐに学生服に着替える。

「よし、じゃあ学校に行ってきます」

「う、うん。頑張ってね」

こはる荘は学校の敷地の端にある。

グラウンドを横切って校舎に入る。

廊下に着くとちょうどクラスメイトが教室から出るところだった。

間にあわなかったか……。

ほとんど話したこともない稲岸くんが驚いて話しかけてきた。

「す、鈴木、どうしたんだよ?」

「ちょ、ちょっと寝坊しちゃってさ」

「そりゃ見事な寝坊だなあ。今日の学校はもう終わっちゃったぞ」

「え? 早くない?」

「体力テストがスムーズにいったみたいでさ」

「た、体力テスト……終わっちゃったのか」

苦労してレベルを上げたのに。

でも、これでいい。美夕さんがこはる荘から出ていかなくて済んだなら一番だ。

単純に冒険も楽しかったし、おかげで寮生のみんなや異世界のモンスターや冒険者とも仲よくなれた。

プライスレスさ……。

「げ、元気出せよ」

いいこともあったと無理やり自分を納得させたが、やはり落ち込んだ顔をしていたのだろう。

稲岸くんが慰めてくれる。

「今日休んだお前と美夕さんには別の日に受けさせるって先生が言っていたような」

「ホ、ホント？」

「え？　ああ……確か」

や、やった！

まだ体力テストが受けられるかもしれない。

「稲岸くん！　ありがとう！」

「お、おう」

お礼を言って稲岸くんと別れる。

とりあえず今は人に見られずに移動できるゲートを学校に作ろう。

場所については候補がある。

僕は校舎の階段を駆け上がった。

そしてある部屋の前に着いた。

「生徒会室。ここ、ここ」

生徒会室は閉まっていた。

ウチの学校は生徒会長が副会長や会計や庶務を指名する制度になっている。

今年度、あの会長はまだ誰も指名していないから、この部屋を使うのは六乃宮姫子会長だけなのだ。

鍵は彼女が持っている。

「あれ？　鈴木くん、こんなところでどうしたの？」

「会長！　生徒会室に入れてください！」

「え？　あっ。ひょっとして鈴木くん……生徒会役員になってくれるの？　助かるわ！」

会長は訳のわからないことを言っている。

僕も唐突だったかもしれない。

「いや、そうじゃなくて。美夕さんを助けるためなんです。とにかく生徒会室に入れてくださ い！」

「な、なにか、相談があるのね」

少し誤解はされたけど、生徒会室には入れてくれた。

「そ、それで相談って？」

生徒会室は外から見られることもなく、急に誰かが入ってくることもなさそうだ。

「見ていてください」

寮生で会長だけが仲間外れというのも可哀想だったからちょうどいい。

会長もシズクや美夕さんのことを話せば、きっと協力してくれる。

生徒会室の壁にドアを作って開いた。

「な、なに？　え？　何処ここ？　レイちゃん？」

「ひ、姫子先輩？　トオルくん、生徒会室につないだの？」

◆　◆　◆

その日の夜、僕の部屋はぎゅうぎゅう詰めになっていた。

マミマミさんとシズクはストロングバーストで遊んでいる。

木野先輩は二人のためにドクペに水を混ぜている。

暇だったから遊びにきたというディートとリアが畳の感触に驚いている。

そして僕と美夕さんは会長に説明を続けていた。

「大体、理解したわ。話を聞いただけじゃ信じられなかったけど、見せられたら信じるしかないし」

「今まで隠していてすいませんでした」

「そうね。鈴木くんはこはる荘の管理人なのに、いろいろルール違反していたみたいだし」

「ううう。でも僕たち以外の人に話さないでください。公になったら寮がなくなってしまいます」

もし、こんなことが公になったら大変なことになる。

少なくともこはる荘はなくなってしまうだろう。

「言うわけないでしょ。こはる荘がなくなったらレイちゃんだって学校にも行けなくなって困るでしょ」

「よかった。ひょっとして会長は大金持ちだからこんな寮なくなったって構わないかもしれないと」

「ひどいわね！　私だってアナタたちがいるこはる荘がなくなったら悲しいわよ！」

会長はルールには厳格な人だけど、冷たい人ではないことは知っていた。

ところが、急に会長ににらまれてしまう。

「ところで真神さんやディートさんやアリアさんの格好はなんなの⁉」

マミマミさんとディートとリアがなんのことだろうと首をひねる。

僕は会長のいいたいことがすぐにわかった。

「服がエッチ過ぎます！」

Yシャツにパンツという三人がぶ～ぶ～と文句をいう。

マミマミさんは裸Yシャツが気に入っていて、ディートとリアはそのマミマミさんの格好を日本人の服装かと思って真似をしている。

っていうか僕が提供できる服がYシャツしかなかったからね。

「こはる荘は遊び場じゃないのよ。さすがにカオスすぎ！」

僕は会長が帰ってから、もう一台ストロングバーストを購入して彼女たちと水のかけあいをしようかなどと考えている。

「管理人として同意します。僕が注意しておきますので……」

「まあ、いいわ。ちょうど夕飯時だし、みんなでご飯にしましょう」

「あ、いいですね」

会長は思ったよりも頭が柔らかいようだ。

僕は夕飯を用意しようと立ち上がった。

「夕飯を食べながら、私がみんなに日本の常識を教えるわ」

ううう。会長……大丈夫かな。

第七章　クラスに友達はできなかったけど。

僕は体力テストを一人だけで受けさせられていた。

「て、転校生、すげえな……。50メートルを超えたぞ」

ハンドボールの球が空に吸い込まれるように飛んでいく。

他の男子がバスケットボールの授業をやっている横で、僕はレベル上げの成果をいかんなく発揮していた。

「あの転校生、握力は三年を入れても学校一位っぽいぜ」

「マジかよ」

昨晩はみんなと夕飯を食べた後も、ストロングバーストが火を噴いたからな。

レベルはさらに上がって11になった。

ふふふ。学校一位の握力すら手加減しているんだぜ！

バスケの試合に参加待ちのクラスメイトは、もはや誰も試合を見ていない。

クラスの話題は、僕の体力テストのことで持ち切り……になるはずだった。

「おい！　お前ら！　美夕さんがすごいらしいぜ！」

え？　美夕さんだって？

そういえば、ちょうど今、彼女も体育館で体力テストを受けている。

僕ほどではないがレベルも上がっていた。

「美夕さん、すごいよな。頭もいいし、運動もできるか～」

「それにさ。今日は髪留め使っていただろ？　顔見たか？」

「あぁ！　見た見た！　すっげー可愛いよな！」

な、流れがおかしいぞ……。

「体育館のほうを見に行こうぜ」

「ああ、外から見えるしな。行く行く！」

男子たちどころか体育の先生まで計測をクラスメイトに任せて体育館の美夕さんを見に行ってしまった。

任された記録係の生徒は不満そうに僕の超高校級の成績を記録していく。

数日後、体力テストの結果が体育教官室の前に貼り出された。

僕は学年トップの成績だった。

一応、数人のクラスメイトは僕の傍らにきて、そのことを話題にしてくれた。

しかし、それも貼り出されたその日だけ。

僕は未だにスクールカーストの圏外だ。

代わりに美夕さんのところには体力テスト以来、人が集まり続けている。

「美夕さんの髪って綺麗だよね～。ねねね、シャンプーなにを使っているの？」

「美夕さん、バレー部に入らない？」

「いや野球部のマネージャーになってよ」

体力テストから何日も経っているのに、放課後、美夕さんの周りにはクラスメイトが集まっている。

「美夕ちゃん、これから、何処かに遊びに行かない？　映画とかカラオケとか」

クラス一のイケメンの瀬川くんが美夕さんを遊びに誘う。

「瀬川くん、ついに美夕さんに行ったね」

「ただ仲よくしたいだけって言っていたけど、絶対狙っているよねえ」

「美夕さん、大人っぽいのに可愛いからねえ」

クラスの噂好き女子たちがその様子を見て噂をはじめる。

美夕さんが瀬川くんのほうを向く。

「キャー！」

噂好きの女子たちが黄色い声をあげた。

「瀬川くん、ごめんね。今日はトオルくんと一緒にご飯作る約束しているから」

美夕さんは帰る準備をして席を立った。

「え？　ト、トオル？」

瀬川くんが目を白黒させる。

僕も席を立って美夕さんに目配せする。

「今、行く～」

美夕さんも大分大きな声になった。

髪留めも似合っているし、学校にも毎日こられるようになったからだろうか。

小さな声も精神的なものだったのかもしれない。

「ひょ、ひょっとしてトオルって転校生の鈴木くんのこと？」

瀬川くんが美夕さんを引き止めた。

「うん。別の日にトオルくんもきてくれるなら行くよ」

瀬川くんと呆気にとられたクラスメイトを見ながら、僕は教室の出口に向かった。

「み、美夕ちゃんは鈴木くんと仲いいんだね。寮で一緒だからだろうけど……」

「それだけじゃないよ。じゃあ瀬川くん。みんなもじゃあね」

美夕さんが小走りで僕のほうにやってきた。

「鈴木くんと美夕さんって、いつも一緒に登校したり、下校してない？　ひょっとして……」

そんな声を聞きながら廊下を歩いた。

向かうのは生徒会室だ。

生徒会室のドアはもう開いていた。

「鈴木くん、レイちゃん、遅かったじゃない」

「最近、美夕さんがすごい人気でクラスメイトに囲まれまして……」

「ふふふ。そうなんだ。レイちゃんのほうは鈴木くんにベッタリって感じだけどね」

会長が笑う。

「もう姫子先輩！」

美夕さんが赤くなって口を尖らせる。

「ごめん、ごめん。さあ今日は異世界の人たちもくるから、早く帰って夕食の準備をしましょう」

会長はそう言うけど、彼女は食べるほう専門だ。

「はいはい」

ゲートのドアを開ける。

「おお、帰ったか」

「おかえりなさい、ご主人様」

「あ~トール。もうお邪魔しているわよ」

「トール様、今日はありがとうございます」

ゲートから見えるダンジョンの部屋にはもうシズク、マミマミさん、ディート、リアがきてい

た。

木野先輩もすぐにくるだろう。

僕の部屋にはこんなにもたくさんの友達が集まってくれるようになった。未だにクラスでは友達ができないけど。

「トール様、ダンジョンの地上に行きませんか？」

ゲートをくぐるとリアが話しかけてきた。

「地上？　ダンジョンの上に行ってどうすんの？」

「このダンジョンの上には街があるんですよ！　冒険者ギルドもありますし！　私、案内したいです」

「異世界の街と冒険者ギルド！」

い、行ってみたい。

「トール〜。そんなことより魔法を覚えましょ。教えてあげる」

ディートが割って入ってきた。

「ま、魔法ってマジか？　ディート」

「ああ、そういえばお前の【職　業】のことを思い出してきたぞ」

マミマミさんがぽつりと言った。

「え？　職業？」

「【職　業】管理人のことだ。やはり、ワシの世界とお前の世界のゲートを管理していた一族だ」

異世界と日本をつなぐゲートを管理していたってことか？

「寮と異世界がここまでつながるのはお前の力となにか関係あるのだろう」

「それはどういうこと……」

自分の【職　業】や【スキル】が異世界とのゲートに関わっているなら最高じゃないか。

詳しく聞こうとすると寮の僕の部屋のほうから木野先輩の声が聞こえてきた。

「鈴木氏～。寮の玄関に立石さんと狐神さんっていう女の子がきて呼んでいるよ～」

「ええ？　立石さんと狐神さんってうちのクラスの？」

美夕さんに袖を引っ張られる。

「トオルくん、意外とモテるんだね」

「モテるもなにも……」

あの二人からは何故かいっつも教室でにらまれているんですけど。

「友達ですらないと思うけど。なんの用だろ？」

「なんでも鈴木氏が憑かれているから寺にこいとか神社にこいとか」

二人は確か寺と神社の娘だったはず。

「しかし、訳がわからん」

「目の下にクマができているから取り憑かれているとかなんとか」

それダンジョンに潜りすぎて寝不足なだけ……。

その間にもリア、ディート、マミマミさんが僕を冒険に誘ってくる。

「何処に行くのでも私も連れていってね」

「私もお願いします！」

どの冒険に行こうかと迷っていると、美夕さんとシズクが励ましてくれた。

僕の部屋はダンジョンとつながっているから、まだまだ問題は起きるだろう。

でも、みんながいれば、どんな問題が起きたってなんとかなるに決まっている。

手はじめに、今日の放課後もレベル上げようかな！

著者あとがき

いつもお世話になっております。あるいは、はじめまして。東国不動です。

『僕の部屋がダンジョンの休憩所になってしまった件　放課後の異世界冒険部』は、いかがでしたでしょうか？

ご存じの方も多いと思いますが、本作はＷＥＢ小説投稿サイト『小説家になろう』に掲載された作品で、サブタイがつかない『僕の部屋がダンジョンの休憩所になってしまった件』がベースとなっています。

主人公のトオルは本作よりも、もう少し上の年齢で、家賃の安い事故物件に引っ越したら異世界につながっていて……という話です。

異世界人のリアとディートの比率が高く、学園編に対して、ファンタジー編とでも申しましょうか？

今はこういった作品も少しはありますが、『小説家になろう』発の書籍化作品は基本的に異世界に行ったら行ったきりの作品が、９割以上です。

『僕の部屋がダンジョンの休憩所になってしまった件』が書籍化された当時は、行ったり来たりする作品はほとんどありませんでした。

異世界と地球が断絶しているよりは、二つの世界になにかしらの繋がりや歴史的な影響があるほうが、自然で楽しいかなという思いがありまして、このようなスタイルを取っております。

学園編である『放課後の異世界冒険部』も、ファンタジー編にあった異世界と地球のつながりをさらに強めて、異世界の住人が学校や学生寮にいたら面白いのではないかというアイディアを形にしました。

当初はリアとディートに制服を着させて、生徒として学校に通わせる展開にしようかと考えていましたが、折角ならトオルを学生にして、現代にいてもおかしくない少女をヒロインにしました。

このあとがきを書いている時点では二巻のプロットはまだ考えていませんので、二巻以降ではリアやディートが学校に行くなんてシーンがあってもいいかもしれませんね。

異世界とマンションを行ったり来たり、今度は異世界と学生寮や学校を行ったり来たり、そのような作品を面白く書ければいいなと思っています。

シリーズの他の特徴としては、東京の立川市という現実にある町が舞台になっていることがあげられると思います。

ずっと昔にやりこんだプレイステーションのゲームに日野市が舞台のモデルになっているホラーゲームがありました。

日野市は立川市と隣接していて、私は日野市のことも比較的よく知っています。

そのゲームは日野市が舞台でなくとも面白かったと思いますが、やはり自分の知っている町のスポットが使われていると、のめり込むことができました。

ひょっとしたら、リアルに感じられるのかもしれませんね。

リアリティーは異世界モノで求められることと、また違うかもしれませんが、そういう作品があってもいいのかなと思って、立川市を舞台にさせて頂いております。

書き手として楽しいことを、皆様にもお付き合いさせてしまいまして申し訳ない気持ちもありますが、書き手が楽しめないと面白い話は書けないということでご容赦ください。

ちなみに拙作はあの竹書房様から出版して頂いております。

あの、というのは学生の頃麻雀好きだった僕にとって、雀荘に行くと必ず置いてある麻雀の漫画雑誌を多数出している、あの、です。

あの竹書房様が、実はファンタジー編のコミカライズを先に手がけてくださっていたのです。

拙作は大人の事情（?）がありましてファンタジー編とは、少し違った小説を竹書房様から出して頂くということになりました。

大人の事情と言っても込み入ったことではございませんので、誤解されないように書き留めておきます。

皆様の応援のおかげで、ファンタジー編の僕ダンのコミカライズの売れ行きが好調なので、小説も出そう！　そうだ学園編にしようか！　という事情でございます。

2019年7月現在、竹書房様は「小説家になろう」からの作品は一作も出しておらず、『僕の部屋がダンジョンの休憩所になってしまった件　放課後の異世界冒険部』のみということです。（姉妹サイトである18歳以上作品の「ノクターン」等は除く）

そして、これもご存知だと思いますが、ファンタジー編だけでなく学園編のコミカライズをコミックガンマ＋で同時スタートしています。

無料で読めますのでこちらも応援よろしくお願いします。

まるで僕ダン専用ＭＳ。竹書房様の蛮勇、もとい勇気あるチャレンジには、頭が上がりません。

ただ、現実的な話を続けますと、皆様の応援が無くては、出版社様も著者である私も、いくら勇気やヤル気があっても、なにもできないというのが実情でございます。

今回、色々な企画を進めることができたのは、ひとえに皆様のおかげです。

この場を借りて、深く感謝申し上げます。

これからも「僕ダン」シリーズは様々な企画を進めたいと計画していますので、皆様のさらなる応援をよろしくお願い申し上げます。

東国不動

２０１９年７月吉日

僕の部屋がダンジョンの休憩所になってしまった件
放課後の異世界冒険部

2019年8月5日　初版第一刷発行

著者……………………………… 東国不動
イラスト……………………… 竹花ノート
デザイン……………… DONUT STUDIO
本文組版………… 株式会社エストール

発行人……………………………………後藤明信
発行所…………………………………株式会社竹書房
〒102-0072　東京都千代田区飯田橋2-7-3
電話：03-3264-1576（代表）
03-3234-6301（編集）
http://www.takeshobo.co.jp

印刷所……………………………共同印刷株式会社

Printed in Japan
ISBN978-4-8019-1939-6 C0093